I0775681

NAHUÍ **OLLÍN**

¿Dónde estabas?
NARRACIONES COTIDIANAS Y OTROS CUENTOS

¿DÓNDE ESTABAS?
NARRACIONES COTIDIANAS
Y OTROS CUENTOS

Mención Honorífica otorgada por el International Latino Book Awards (ILBA), en la categoría de Mejor Colección de Cuentos Cortos en Español

© Nahuí Ollín
Blog: narracionescotidianasyotroscuentos.blogspot.com
Email: n4ollin@gmail.com

Ciudad de México, México, 2023

SALTOAL**REVERSO**

De esta edición:
Editorial Salto al reverso, 2023
editorialsaltoalreverso.com

Primera edición: mayo de 2023

Diseño de portada: Fiesky Rivas
Ilustraciones de portada e interiores: Nahuí Ollín

… procurar que a la llana, con palabras significantes,
honestas y bien colocadas, salga vuestra oración y período
sonoro y festivo, pintando en todo lo que alcanzáredes y
fuere posible vuestra intención, dando a entender vuestros
conceptos sin intrincarlos y escurecerlos.
MIGUEL DE CERVANTES SAAVEDRA
DON QUIJOTE DE LA MANCHA

Fichitas y valor.
ARGOT DEL DOMINÓ

AGRADECIMIENTOS

A mis padres Rosa Nelly y Jorge T., mis hermanos Mario Javier (†) y Lauri (madri Guagüi), mi esposa Martha Alice, nuestro hijo Jorge Iván Quetzalcóatl, mi cuñada Karla, mi cuñado Gerardo Australia, a nuestro sobrino Roán y a nuestra sobrina bienamada Anastasia (†), donde quiera que esté. A todos ellos, por su amor, apoyo, consejos, alegrías y paciencia a lo largo de los años.

A la familia extendida que, como quiera que sea y a su manera, aportaron su granito de arena para ser quien soy hoy.

Que su sol sea siempre brillante, do quiera que estén.

Jorge Manuel

PRÓLOGO

¿Con qué palabras agradecerte, lector o lectora [que para este asunto el género es lo que menos hace al caso], el hecho de que hayas decidido dedicar tu tiempo de ocio a la lectura de esta obrita que tienes en las manos y que ha salido de mi pobre entendimiento e imaginación? Por más que busco y rebusco, ninguna de ellas llega a mi mente y las que lo hacen son tan sin chiste y comunes que me harían parecer más simple de lo que en verdad uno es. Por otra parte, siempre podría poner un sencillo «muchas gracias y a otra cosa mariposa», o transcribir las del gran Cervantes en su prólogo a las ilustres andanzas de su ingenioso hidalgo y su inseparable escudero, con cabalgaduras incluidas, pero eso mermaría aún más el concepto que te estés forjando del escritor.

Y por si eso no fuese poco, tampoco te la ha recomendado persona conocida con prosapia y gran saber en esto de las letras y, mucho menos, aparecen impresas las palabras de loor que se acostumbran firmadas como reseñas anónimas por la prensa nacional o internacional en la contraportada de los libros y que, de tan similares, más parecen compradas al por mayor y no dicen nada más allá de un «lo mismo da Chana, que Juana o su hermana».

Y, ¿qué decir de silogismos, filosofías, consejos espirituales, de superación personal o análisis profundos de la complejidad del ser humano o los tiempos en que vivimos? ¡Ay! Nada de eso encontrarás entre sus páginas, además del latín líneas más abajo, pero que eso no te desanime o arredre el espíritu firme con que has empezado a lectura, ya que sus sorpresas habrá a lo largo de la misma, o así lo espero. No faltará quien se brinque de forma olímpica estás líneas, dará la vuelta a la hoja y comenzará a leer y hacer un juicio al respecto de esta obrita. ¡Ánimo! Y que lo disfrute quién así lo haga.

A otros, tal vez la curiosidad le lleve a preguntarse: ¿qué pretende entonces el escritor? Para quien continúa leyendo este prólogo que ya se extiende en demasía, estas narraciones nacieron con la intención de alejar la melancolía y entretener, que no enfaden y tengan visajes de invención y que, si no llegas a alabarlas, tampoco las desprecies, que no son culpables de las carencias y limitaciones de quien las redactó.

Bien lo decía Plinio el Joven al escribir sobre su tío Plinio el Viejo en la Epístola a Baebio Macro, político romano entre los siglos III y II a. C.: «Dicere etiam solebat nullum esse librum tam malum ut non aliqua parte prodesset», que en romance viene a ser algo así como: «Incluso decía que no hay ningún libro tan malo que no tenga alguna parte de la cual se pueda sacar provecho» y, para aquellos que son de «la nueva ola», bastará recordar al cantautor Bo Diddley, que hizo suyo un dicho del país del norte: «No puedes juzgar a un libro por su portada».

Así las cosas, no seas muy duro con las narraciones y cuentos que tienes en tus manos, ya que ellas son inocentes, culpa más bien la falta de entendimiento e imaginación del autor, que, a pesar de esas carencias, tiene la mejor intención de que el ocio se convierta el solaz para quien las leyere. Ya me dirás, tal vez, si han cumplido su intención de salir al mundo y andar por esos caminos de los seres humanos; quizá descubras que no estamos tan solos y en alguno de ellos encuentres que, en alguna ocasión, algo que has pensado o sentido no es exclusivo, que al final, final, todos los de nuestra especie podemos tener esos pensamientos y sentimientos y, de ahí, de esa identificación con los demás, surge el nombre de la obrita que tienes en tus manos: *¿Dónde estabas? Narraciones cotidianas y otros cuentos.*

Ten salud y paz.
Vale.

Nahuí Ollín

¿DÓNDE ESTABAS?

NARRACIONES COTIDIANAS Y OTROS CUENTOS

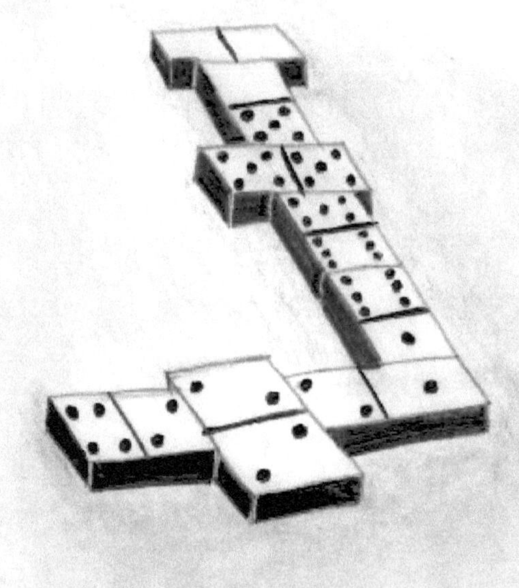

NAHUÍ **OLLÍN**

UNA NOCHE DE DOMINÓ

Estaban amor y Cupido
pensando que era divertido
ver a las musas jugar en el río.
En los momentos en que esto escribo,
te cruzaste en su camino
y perdieron el aliento.
Rápidos como el viento,
de flores sembraron tu camino.
Las musas, al verte llegar al río,
comprendieron su nuevo destino.
Desde entonces, de amor y Cupido me río.
Ellos te ven desde lejos bañándote en el río.
Las musas de envidia mueren de frío.
Yo soy el único que goza contigo
porque soy las aguas de ese río.

Después de poner el punto final al verso, se enjugó el rostro y bebió un sorbo de su cerveza. Sabía que ella era exigente. No cualquier cosa la complacía. Él lo único que podía ofrecer era su inspiración y su pobreza.

El cuarto estaba iluminado por la luz de unas velas de cebo. No lo hacía por romanticismo; el dinero que ganaba en el trabajo no le permitía gastar mucho en luz eléctrica. Estaba sentado junto a la ventana; así aprovechaba la poca luz del alumbrado público que entraba en la habitación. Su hogar se componía de un cuarto, que se separaba en dos por medio de una sábana que guindaba de una lía; de un lado tenía su camastro y la mesa en la que escribía, en el otro, un pequeño lugar que llamaba con un dejo de ironía la sala, y era donde tenía la hornilla eléctrica que solo usaba a veces, una nevera por lo general vacía, cuatro sillas y una mesa de lámina con el logotipo de una compañía cervecera, donde todos los jueves, sin falta, se reunía con sus amigos a jugar dominó, beber cerveza y leer versos. Al fondo, a la izquierda de la puerta, el pequeño baño, compuesto del retrete y la regadera, el lavamanos quedaba en la parte de afuera, frente a la mesa, a la derecha de la puerta del baño.

Sus amigos lo llamaban el Zarco, debido al color verde de sus ojos, que eran pequeños, de mirar penetrante, y con una ligera circunferencia obscura debajo de ellos. Era de mediana estatura, enjuto de carnes, el cabello ondulado y largo, peinado hacia atrás; las cejas pobladas y rectas; la nariz, que algún día fue recta, ahora hacía una tenue ese a la altura del tabique; el labio superior delgado, el inferior un tanto ancho; el bigote y la barba los afeitaba cada cuatro días; no le salía mucha y procuraba afeitarse de manera regular. Sus manos, a pesar de haberlas dedicado al trabajo obrero toda su vida, aún y de manera natural, conservaban cierta tersura, sus dedos eran gruesos pero ágiles.

Bebió el último sorbo de cerveza que le quedaba. Esperaba que pronto llegaran sus tres amigos, «los sobrinitos del pato», les llamaba, ya que respondían a los nombres de Hugo, Paco y Luis.

Los vio en su imaginación. Hugo, alto y pesado, de mirar tierno, pero de arranques coléricos capaces de matar a cualquiera. De manos grandes, voz atronadora, jamás podía hablar en voz baja, parecía que gritaba siempre; cuando se lo reclamaban, encogía los hombros y contestaba que no podía hacer nada, que así hablaban todos en su pueblo, a grito pelado, y que no iba a cambiar por un puñado de «señoritos delicados», y su risa atronadora llenaba el lugar.

Paco, mediano, regordete, de sonrisa infantil, a veces se pasaba de inocente, era el foco de las bromas de todos ellos, y siempre, sin perturbarse, sonreía. Jamás contestaba las bromas con rapidez y, cuando lo intentaba, ni él se reía. Las más de las veces pasaban días antes de que se le ocurriera una respuesta sagaz, y para ese entonces todos habían olvidado la broma, por lo tanto tenía que recordárselas, y era entonces cuando le celebraban su respuesta, al tiempo que le jugaban otra llena de doble sentido, repitiéndose así el ciclo. Él era, como decía el refrán, bueno como el pan.

Luis era un misterio. Hablaba poco, nunca de su pasado. Había ingresado al grupo por azar, porque ajustaba con su presencia la cuarteta para jugar; sin embargo, él lo reconocía como el más inteligente de los cuatro. Cuando hablaba parecía que daba cátedra, salmodiaba y aconsejaba de una manera que hacía ver la solución a cualquier problema, sin importar lo difícil que fuese, de la manera más sencilla y natural. En lo físico no era nada fuera de lo normal.

Se levantó, fue al lavabo y se vio en el espejo. Una ligera cicatriz le cruzaba la ceja derecha, partiéndosela en dos. «Si fuese más flaco, parecería hilo, la neta», pensó y una sonrisa se dibujó en su rostro. Levantó los hombros como resignado y regresó a la mesa. Guardó la libreta que contenía los versos debajo del colchón del camastro. Fue a la nevera, sacó otra cerveza y se sentó a esperar a sus amigos.

Todos eran solteros y sus edades frisaban los treinta. Trabajaban en la misma fábrica, aunque en departamentos diferentes. Hugo, en producción; Paco, en distribución; Luis, en administración; él, en mantenimiento.

En la iglesia cercana dieron las diez y media; no tardarían en llegar. Se levantó de la mesa, sacó de debajo del camastro el estuche de madera que contenía las fichas de dominó, tomó un lápiz y unas hojas membretadas de la fábrica que Luis había llevado la semana pasada y se dirigió a la otra parte de su habitación. Acomodó las sillas, el lápiz, las hojas, sacó las fichas y espero por el silbido para bajar a abrir la puerta de la calle.

Mientras esperaba, se acordó de ella. Su representación fue tan vívida en su mente y de la cual salió hasta que un tercer chiflido acompañado de una mentada de madre de parte de Hugo lo hizo reaccionar. Abrió la puerta y con rapidez bajó los pocos escalones que lo separaban de la puerta de la calle.

—¡¿Qué pasó, *recabrón*?! —le escupió Hugo a la cara mientras le daba un fuerte abrazo. —¿Te estabas masturbando? —Todos rieron.

Paco le estrechó la mano, en un complejo saludo inventado por él tratando de ganarse el respeto de los demás y casi lo había logrado, si es que lo hubiese hecho más corto, pero ninguno le decía nada, y con franca resignación amistosa le seguían el saludo.

—¿Cómo estás, hermano? —preguntó con su voz silbante Luis, mientras levantaba la mano izquierda haciendo la V de la victoria *churchiliana* o el símbolo de paz y amor de los sesenta, que bien a bien no sabían ya cuál de los dos era.

—¿Por qué tardaste tanto? —con voz de bajo le preguntó Paco mientras comenzaban a subir las escaleras.

Cada uno de ellos cargaba dos paquetes de seis cervezas: esa era la cuota semanal, 12 cervezas por cabeza y de diferentes marcas.

—En la variedad está el gusto —diría Paco repitiendo algo que había escuchado en la infancia, y todos aprobaron la sugerencia.

Entraron al cuarto e hicieron *la sopa*, para voltear al unísono una ficha cada uno para determinar las parejas. Él y Paco sacaron las más bajas. Se acomodaron en la mesa, revolvieron una vez más las fichas, Hugo sacó de una de sus bolsas un pequeño radio a baterías, sintonizó una estación y comenzaron a jugar, como siempre, a cien puntos.

***

Sonaron las doce y media en el reloj de la iglesia. El balance indicaba que el *salado* esa noche era Hugo, lo que lo tenía de un humor *de perros*. Había perdido la primera mano de pareja de Luis, la segunda de pareja con el Zarco. Ahora jugaba con Paco. Durante toda la noche había mentado madres que daba gusto oírlo, a ellos, claro; los vecinos más de una vez habían tamborileado el techo y las paredes exigiendo silencio o que, al menos, bajara la voz, lo que ocasionó que Hugo la levantara aún más y subiera el volumen al pequeño radio.

La mitad de la cerveza había sido consumida. Hugo se concentraba en sus jugadas, Paco trataba de seguirlo. De pronto, le robó la mano a Hugo; este lo miró de manera fulminante, ya que pensaba que él la tenía ganada. Con mano no muy firme, Paco dobló de nuevo y cerró el juego.

—¡¿Estás pendejo o qué chingaos te pasa?!, ¡¿no ves que tengo cuatro fichas?! —le gritó Hugo cerrando en un puño todas sus fichas, el Zarco y Luis reían hasta que se les saltaban las lágrimas, Paco, sin alterarse, sumaba los puntos de los adversarios, los suyos y le pedía a Hugo sus fichas; este se las aventó con fuerza al pecho, movió la silla hacia atrás, con cara de resignación y se destapó otra cerveza que se bebió de un golpe esperando oír cómo estarían a punto de perder. Al oír el resultado se atragantó; la cerveza, a manera de fuente, por la nariz le brotaba. Habían ganado, sumaban ellos veinticinco puntos, Luis y el Zarco, cuarenta y cinco, suficientes para perder. Todos rieron de la cara de Hugo, quien, después de limpiarse el rostro, abrazó, casi estrujó, a su pareja de juego, que comenzó a ponerse morado. Daba grandes voces, le decía que, de ahora en adelante, siempre serían pareja, y amenazaba con romperle la cabeza a quien se atreviera a decirle algo o mofarse de él. Las risas eran generales.

Pasado el momento de euforia y del reanálisis y discusión de cómo había sido posible una jugada tan magistral, guardaron las fichas en su cajita, Hugo recogió el papel, prometiendo muy solemne enmarcarlo y ponerlo en la sala de su casa para que todos vieran cuán inteligente era el Paco; todos reían y le hacían reverencias y él, todo corrido, trataba de mantenerse impávido, generando más risa en los demás.

El Zarco se levantó sin dejar de reír, destapó cervezas para todos y, con un fuerte suspiro al sentarse en la mesa, cambió el tema de conversación. El intrigante y maravilloso tema de las mujeres era su favorito. Luis, con una sonrisa en los labios, le dijo que la política era más interesante. Hugo los pendejeó a los dos y les dijo que el béisbol era mejor. Paco, por no ser menos, quería hablar de fútbol. Al unísono se pendejeaban los unos a los otros, ya diciéndoselo a uno, ya al otro, ya a los tres a un tiempo.

En la radio, en ese momento, comenzó a sonar una canción de Los Panchos; suspendieron la discusión y se pusieron a cantar en todos los tonos, menos en el pertinente, pero con mucho corazón.

Murmuraban el Zarco y Hugo, mientras Paco llevaba el ritmo en la mesa y Luis de su ronco pecho hacía de primera voz. Cantaban todos a coro, olvidando por completo la partida, el dinero, la vida.

***

—Les digo que es cierto —decía Paco con su voz silbante de asmático, mientras en el radio se escuchaba al Chente Fernández.

—La esposa del patrón se ve con el pinche de Agustín. El otro día, mientras hacía mi reparto en la petrolera, los vi. Él manejaba el auto de ella. Pensé que estaba haciendo el mandado, pero de repente se bajó, abrió la puerta y, ¡zas!, la patrona. Me dije: «Mí mismo, no sea mal pensado, que hacen el mandado». Pero nada. Al cambiar la luz del semáforo y avanzar, vi que doblaban la esquina, así que los seguí y, sorpresa, que se meten al cinco letras, ¿lo conocen?, está bien el mugroso hotelito, una vez fui y...

Recibe un zape de parte de Hugo, quien lo mira con ojos vidriosos y le dice:

—Abrevia, la patrona, ¿qué pasó después?

Sobándose la cabeza, Paco, lo mira de soslayo y en el momento en que Hugo empina la botella en sus labios, rápido se la empuja, haciéndolo atragantarse y escupir, el Zarco y Luis se doblan de la risa.

Hugo, furibundo, lo voltea ver y, para su sorpresa, Paco lo mira retador, pero con la cara de espantado; sabe de lo que es capaz. Este primero desea romperle la cabeza, pero no puede contener la risa al verle la cara; esa es la señal de que todo está bien. Al principio despacio y después sin penas, se une a las risas de sus amigos.

—Bueno, ¿y qué más? —pregunta Luis, secándose con el dorso de la mano las mejillas.

—Y... Nada —contesta Paco, —¿querías que me metiera tras de ellos al hotel?

Hugo, palmeándose las piernas, suelta una risotada, que provoca que el vecino golpee la pared y la mentada de madre en respuesta por parte de Hugo.

—¡Uy!, *pos* si se entera el patrón, seguro mata al Agustín y a la vieja —sentenció el Zarco.

Luis se reía, pero guardaba silencio, no aprobaba o negaba nada; por lo general, dejaba las cosas al tiempo, decía que no era adivino y para qué molestarse, que lo que iba a pasar, pasaba y basta. Los miró uno por uno. El Zarco en frente con la camisa desabrochada a medio pecho; a su izquierda, Paco, usando una gastada chamarra de mezclilla; a la derecha, Hugo, jugando con ese anillo gigantesco de oro que usaba en el anular de la mano derecha.

En la radio sonaba un danzón de Pardavé. Sus ojos se detuvieron en el almanaque. El nombre de la carnicería Jiménez, en la parte superior, destacaba en letras rojas; en la base, arriba de las hojas del calendario en caracteres negros, la dirección en letras amarillas; entre estas y el nombre, la imagen de la Virgen de Guadalupe. Los otros estaban hablando de fútbol, que si las Chivas, el Cruz Azul o el

América era el mejor y que si los puntos o las artimañas de los defensas, la ceguera colectiva de árbitros y abanderados. Se levantó tambaleante a destapar otra ronda de cervezas. Eran las últimas cuatro. Arrastrando la lengua preguntó si se querían cooperar, porque ya no había. Los otros, con ojos vidriosos, lo miraron al tiempo que revisaban sus bolsillos. Juntaban para cuatro caguamas, eso si la *ventanita* estaba abierta. Pero nadie quería ir. Hugo quería mandar a Paco, este al Zarco, él a Luis, este a Hugo. En esta discusión estaban cuando, a punto de terminar sus cervezas, este último propuso que fueran todos juntos. Brindaron por la salomónica decisión y se encaminaron a la puerta.

El aire frío de la ciudad les golpeó el rostro. Aspiraron fuerte y se sintieron mejor, aunque su caminar no lo demostraba. Caminaban en parejas. El Zarco y Hugo adelante. Luis le comentó a Paco que los de enfrente parecían vacas al caminar, iban de ladito y chocaban el uno con el otro, además de llevar la cabeza gacha; Paco se doblaba de risa apoyado en la pared. Eso fue como una señal para los otros tres. Se pusieron en igual posición y orinaron, soltando un ligero ¡ah! de alivio.

Al doblar la calle para llegar a la *ventanita*, vieron un coche patrulla enfrente; sabían lo que significaba, así que dieron media vuelta y regresaron por donde venían.

Paco preguntó si no tenían hambre y propuso ir al puesto de doña Licha. Unos taquitos de suadero con esa salsa de habanero que preparaba y un jarrito de café con piquete, comentaba mientras se paseaba la lengua por los labios y se sobaba el vientre con las manos. Los demás se rieron y aceptaron.

Se acomodaron en una de las mesas rectangulares del puesto. Pidieron cinco taquitos y un jarrito cada uno, mientras la hija pasaba un trapo sobre el mantel multicolor de plástico y acomodaba un molcajete lleno de salsa verde. Paco aspiró el aroma, suspiró, y los demás rieron.

Mientras doña Licha tiraba las tortillas al comal, la hija llenaba los cuatro jarritos. Luis la seguía con mirada discreta. Tenía fascinación por ella, pero jamás le dirigía la palabra; sabía que los otros no dejarían de hacerle burla frente a ella, y maldita la gracia que le hacía solo de pensarlo.

Les acomodaron los jarritos enfrente, brindaron y dejaron que el líquido caliente les llegara al estómago bebiendo solo un sorbito. Llegaron los tacos, y en la mesa se hizo el silencio. Masticaban sin prisa, aspirando suave por lo picante de la salsa, pero llenos de placer. Hugo, con la boca llena, comentó que estaban buenísimos, casi tanto como la hija de la doña. Los otros asintieron sonriendo, menos Luis, que le quiso dar un puntapié por debajo de la mesa, pero reconoció que estaba en lo cierto y sonrió de su idea.

Pidieron la cuenta mientras se limpiaban las manos y los dientes. Pagaron, le dejaron el cambio a la niña. Se levantaron en forma perezosa de la mesa. En el reloj de la iglesia dieron las tres de la mañana. Estirándose, el Zarco sentenció: «Aquí se rompió una taza, cada quien pa su casa».

Los demás asintieron. Luis aún seguía sentado. Se estrecharon las manos a manera de despedida. El Zarco se enfiló para su casa. Hugo y Paco le preguntaron a Luis si los seguía, pero este negó con la cabeza. Pensaba irse derecho a su casa en cuanto se sintiera mejor, porque todo le daba vueltas. Los otros se miraron asombrados, pero no dijeron más que un «nos vemos más tarde, pues» y se fueron continuando la discusión sobre fútbol que había sido interrumpida para ir por cervezas y terminar cenando. «Así era la vida», le contestaba Paco a Hugo por sus observaciones.

***

Luis pidió otro café, mientras una pareja se sentaba en la mesa de enfrente. Los vio sin mirarlos y siguió con la mirada a la hija de la dueña. Nunca había escuchado su nombre, siempre le decían: «Niña esto, niña lo otro», y se preguntaba si era por discreción o por pura flojera y comodidad. Al dejar ella el café frente a él sus miradas se cruzaron.

Tenía los ojos grandes, color café obscuro, de nariz un tanto chatita, de labios carnosos y el cabello negro azabache, lo llevaba en una trenza que le llegaba a la cintura.

Usaba una blusa blanca que permitía ver el brasier negro que escondía su seno, una falda a cuadros grandes rojos y azules, calcetas blancas y zapatos negros de plataforma y tacón cuadrado.

Se miraron al rostro por algunos segundos. Luis movió la mano para tomar el jarrito y rozó la de ella. Una corriente eléctrica cruzó por sus manos. Las retiraron asustados, se miraron y sonrieron, los dos sabían que se habían sonrojado.

Ella giró para atender a los otros clientes. Él decidió esperar a que ella pudiera hablar. Esto tal vez implicaba que no iría a trabajar, pero no importaba, ella estaba primero. Bebió su café sin prisa. La pareja pagó su cuenta y se fueron. Sonaron las tres y media de la mañana en el campanario de la iglesia. Ella se acercó a preguntarle si quería otra cosa; él señaló el jarrito y la pregunta que quería hacer se le atoró en la garganta: deseaba con fervor preguntarle su nombre y si podía acompañarla a su casa al terminar el día de venta.

Le sirvió su tercer jarrito de café, esta vez cargado de piquete y con pícara sonrisa le dijo que no iba a dormir si se bebía otro. Él sonrió y le dijo que no importaba, con tal de verla se bebería todo el café de la olla. Ella se le quedó mirando, seria, giró la cabeza, miró a su madre y al verla distraída le dijo rápido:

—Salgo a las siete de la mañana, espérame en el parque, frente al kiosco.

Luis asintió y bebió el resto de su café. No sabía si levantarse o quedarse sentado y aparentar dormir en la mesa, supuso que eso podría enemistarlo con la doña. Decidió pagar y marcharse. Se levantó de la mesa, no sin antes rozar los dedos de la mano de la niña al pagar su cuenta, y dijo su nombre; ella lo miró y dijo llamarse María. Se despidieron con la mirada.

Caminó por las calles vecinas. En el campanario sonaron las cuatro de la mañana. Tres horas de espera, en vela, no sabía bien a bien qué hacerse, ¿regresar a casa del Zarco?, seguro estaría tan dormido que sería inútil. ¿A dónde dirigirse?, se preguntaba. El tiempo le parecía que transcurría muy lento. Sonó la media en la iglesia. Decidió encaminarse para allá, entraría en ella, deseaba que estuviera abierta y dormiría sobre una de sus bancas hasta que las campanas lo despertaran. Llegó al atrio de la iglesia y empujo la pesada puerta de estilo colonial. Estaba cerrada. Faltaban dos horas y media para ver a María.

«¿Qué voy a hacer todo este tiempo? Y con este frío que está haciendo. Bueno, es necesario buscar un lugar para mantenerse resguardado mientras espero», pensó resignado.

Miró en torno para descubrir ese lugar, y cuál no fue su sorpresa al descubrir una pequeña fonda al otro lado de la plaza que estaba abierta. Se encaminó hacia ella pensando que era su día de buena suerte. Entró, se sentó en la mesa del rincón, apartado de unos camioneros que comían unas enchiladas. Ordenó una concha y un chocolate caliente.

«¡Qué bueno que siempre traigo el guardadito!», se dijo.

En la silla junto a él había un periódico del día anterior y decidió hojearlo mientras esperaba que dieran las siete.

Sintió que lo movían. Abrió los ojos semisorprendido y vio el rostro de María sonreír frente a él. Iba a preguntar algo, pero ella puso su índice izquierdo en sus labios.

—Cuando llegué frente al quiosco —su voz le sonó a música, —y no te vi, supuse que estarías aquí. Estaba contemplándote dormir, y luego decidí despertarte, no te molesta, ¿verdad? —le preguntó con una sonrisa que bailaba en sus labios.

—¿Quieres algo de beber o comer? —fue lo más inteligente que se le ocurrió preguntar.

Ella sonrió, negó con la cabeza. Él pidió y pagó la cuenta. Se tomaron de la mano y salieron a la calle. Le preguntó a dónde quería ir. Ella encogió los hombros y con su voz cantarina le dijo que no importaba, que junto a él hasta el fin del mundo si quería. Se miraron y uniéronse en un abrazo y un beso. Los sonidos de la ciudad, incluyendo el de algunas aves, los rodearon. No se llenaron de promesas, una sola y la misma salió de sus labios, tratarían de hacerse felices mientras vivieran.

Dieron las siete en la iglesia.

***

—*Yo que fui del amor ave de paso / yo que fui mariposa de mil flores / hoy siento la nostalgia de tus brazos / de aquellos tus ojazos, aquellos tus amores* —cantaban a coro Hugo y Paco, mientras recorrían las calles que los separaban de la vecindad donde vivían.

—Tengo sed —dijo Paco.

—Pa luego es tarde, vamos donde trabaja el compa Juan —contestó Hugo y se enfilaron al cabaré que quedaba cerca del cine.

Entraron. En la pista, una de las bailarinas ejecutaba su rutina. Los ojos de los dos seguían el lento movimiento de sus caderas mientras trataban de encontrar una mesa de pista. La bailarina se movía cadenciosa al ritmo de la cumbia que la banda tocaba, mientras, algunas de las demás bailarinas conversaban en grupo y otras estaban con los pocos clientes que quedaban a esa hora.

Pidieron dos cubas libres. La bailarina sin prisa y muy coqueta comenzó a quitarse el sostén frente a ellos. Hugo codeaba a Paco, quien no dejaba de mirarla con los ojos y la boca bien abiertos, lo que provocaba la risa de Hugo por lo bajo.

Ella se acercó a Paco y con su cabello le rozaba el rostro, lo miraba a los ojos, le paseaba la mano por la cara. El corazón le comenzó a latir más rápido de lo normal. El deseo comenzó a inundarlo. Pensó en cuánto dinero tenía y si le alcanzaría. Hugo lo miraba y la misma pregunta comenzó a girar en su cerebro, al descubrir entre las chicas una trigueña que lo miraba con fijeza desde la mesa de enfrente.

Se levantó después de decirle a Paco que ya regresaba. Este solo sacudió la cabeza en forma de afirmación, mientras le preguntaba a ella su nombre.

—Gloria.

—En ella quisiera estar.

—Si me invitas un trago, tal vez.

—Hasta tres, corazón.

Ella se alejó, no sin antes enseñarle el trasero de manera provocativa. Él le dio un sorbo a su trago pretendiendo calmarse.

Hugo llegó a la trigueña.

—Hola, ¿puedo invitar a esta belleza algo de beber?

Ella sonrió pizpereta, miró a las demás y se fue con él a la mesa donde Paco no quitaba los ojos de encima a Gloria.

—¿Cómo te llamas?

—Melissa —contestó sonriendo.

Se acercó el mesero. Y pidieron otras cubas.

Gloria terminó su número, se *vistió* y llegó a la mesa.

La conversación se tornó animada y se fue convirtiendo en un cortejo.

El flirteo entre ellos los llevó a algunas caricias sueltas de parte de ellas. Pidieron otras copas.

Al servirlas, les dijeron que eran las últimas, ya era la hora de cerrar. Pidieron la cuenta. Hugo buscó a Juan con la mirada sin dejar de acariciar las piernas de Melissa, quien se dejaba hacer oponiendo ligera resistencia a los intentos de Hugo por ir más allá de donde terminaba la diminuta minifalda.

Paco descubrió a Juan y le llamó. Se dijeron unas palabras. Juan asintió, les trajo una botella de ron y refrescos y se llevó la cuenta. Se levantaron todos de la mesa.

Al salir, el brillo del sol los deslumbró. En el campanario dieron las seis.

Se dirigieron a la vecindad entre risas, besos y caricias.

La portera, al verlos entrar, murmuró, escupió y siguió barriendo el patio.

Se sirvieron otra copa. Brindaron por la salud de los unos y los otros y el placer de conocerse. Se sentaron a la mesa y continuaron el juego del flirteo. Caricias aquí, resistencia allá, besos por todos lados. Se bebieron media botella. Se miraron los cuatro. Sonrieron y cada uno entró a su habitación dirigiéndose un guiño aprobador de la pareja del otro con sonrisa maliciosa.

—Suerte, *mataor* —dijo Hugo.

—Igual, maestro —contestó Paco, mientras veía como Gloria se recostaba en su cama esperándolo. Se lleno de deseo. Cerró la puerta, se acercó y la besó.

Dieron las siete en la iglesia.

***

Con paso tambaleante, el Zarco se encaminó a su casa. Silbaba *Amorcito corazón*, al tiempo que pateaba una piedrita. Al pasar junto a una cerca de alambre, un perro surgió de la nada ladrando, lo que provocó que pegara un brinco, le mentara la madre y se riera del susto.

Al doblar la esquina, vio las luces encendidas de su cuarto y notó que se escuchaba el radio a la distancia, se pendejeó y se preguntó si habría dejado la puerta del zaguán abierta. Apretó el paso, trastabilló y se fue de bruces. Muerto de la risa, se levantó y se dirigió al zaguán.

Estaba cerrado; sacó las llaves, giró la cerradura, entró y cerró de nuevo.

Despacio subió a su casa. Abrió la puerta y se puso a recoger los envases; en la radio sonaba *La historia de un amor*, y con voz pastosa la siguió, mientras pasaba un trapo húmedo sobre la mesa de lámina.

—*Ya no estás más a mi lado corazón / en el alma solo tengo soledad / y si ya no puedo verte / por qué Dios me hizo quererte / para hacerme sufrir más.*

Al terminar la canción, apagó la radio y, con la imagen de «ella» en los ojos de la imaginación, se levantó por papel y lápiz y comenzó a escribir los versos que pensaba regalarle para su cumpleaños.

Llevaba diez con el terminado antes de que llegaran los «sobrinitos»; sonrió al recordar parte de la noche. No podía concentrarse, la melodía aún le daba vueltas en la cabeza.

Se levantó por algo de agua. La cruda comenzaba a llegar. Faltaba poco para el amanecer y debía llegar temprano al trabajo. Se preparó una jarra de café. Se sentó a esperar a que estuviese listo y a que la inspiración llegara. Quería decirle tantas cosas. Sabía que lo más fácil era escribir en prosa, pero ¿qué mérito había en ello?

> Verte todos los días
> es como ver al sol,
> no poder mirarlo mucho tiempo,
> pero sentir su calor.
> Verte todos los días
> es como oír al viento.
> No saber si va o viene,
> pero sentirlo recorrer cada poro,
> entrar en mí y dejarlo ir como aliento.
> Verte todos los días
> es asombrarse al mirar el verde
> que nos cobija, rodea, y enciende,
> con sus tonos nos sorprende.
> Verte todos los días
> es como de niños la sonrisa,
> que llenan de alegría
> hasta las ideas más pesimistas.
> Verte todos los días

es como respirar,
algo en lo que no nos detenemos a pensar,
pero, sin ello, nos es imposible estar.

Una ligera sonrisa le jugaba en los labios mientras escribía. La cafetera silbó. Se levantó. Tomó una taza de peltre, le añadió una ramita de canela y se sirvió. Regresó a la mesa soplando el café. Releyó y la idea de cursi cruzó por su cabeza. Sonrió. Eso no importaba si le gustaban a ella.

Soñé ayer contigo
y, en mis sueños
 mis ojos decían lo que sentían;
los tuyos, que eran mi espejo,
les decían lo que por escuchar morían.
Soñé ayer contigo.
Mis manos sin medio
recorrían tu cuerpo;
las tuyas por el mío se movían.
Soñé ayer contigo.
Nuestras bocas,
sin promesas vanas,
se decían todo lo que querían.
Soñé ayer contigo
y, en la inmensidad límbica,
tú y yo, yo y tú, uno solo
de nuestra unión resultaría.
Soñé ayer contigo.
Mi almohada y sábanas
estaban mojadas,
y no lamenté el haber soñado
sino el no poder estar a tu lado.

En el campanario dieron las cuatro de la mañana. El cenicero estaba lleno de colillas; del café solo quedaba el *sish*.

Estiró los brazos y se levantó a estirar las piernas. Se asomó a la ventana procurando que con el aire fresco se mantuviese despierto.

—¿Qué estará soñando?

Regresó a la mesa. Se sirvió lo que quedaba de café añadiéndole agua y encendió su último cigarro. Dio la media en el campanario. Ningún pensamiento cruzaba por su mente. Solo sentía su entorno. En forma de ensueño, una figura femenina comenzó a caminar rumbo a él.

Vienes a mí en forma de ángel.
Tu caminar,
más que nada, un flotar.
 Veo brillar desde el bajel,
cual fruto de cacao, tu piel bronce.
Hace que mi sangre de placer goce.
Tus ojos brillan más que dos luceros.
Tus labios, ávidos,
son de tonos rosados.
Tu sonrisa,
suave como la brisa.
Poder sentirte mía
y verte convertida en poesía.
¡¿Qué mayor alegría
darme la vida podría?!

Sonaron las seis y media. Los sonidos de la ciudad comenzaban a llenar la habitación.

Buscó un cigarro, pero solo encontró el paquete retorcido. En una hora entraba a trabajar. Intentaría descansar media hora. Se encaminó al catre. Se quitó la ropa, se metió entre las sábanas, cerró los ojos y se durmió soñando con ella.

Dieron las siete en la iglesia.

¿DÓNDE ESTABAS?

NARRACIONES COTIDIANAS Y OTROS CUENTOS

NAHUÍ **OLLÍN**

UN VIAJE EN EL TRANVÍA

Eran cerca de las nueve de la noche cuando Eneas Plutarco, ya a punto de acostarse, escuchó sonar el teléfono; no supo si dejarlo sonar o contestar..., al final se decidió por lo último.

—¡Aló! —dijo, pero nadie contestó. Con enfado colgó el teléfono, pero la llamada le espantó el sueño. Para tratar de dormir, bebió leche caliente con chocolate, se fumó un puro y, para asegurar que el sueño llegaría, bebió dos copas rebosadas de coñac, una después de otra. Sin embargo, este no llegaba y eso lo puso de mal humor. Unas horas después, logró dormir, pero tuvo pesadillas: un teléfono gigante le envolvía el cuerpo y gritos espantosos le hacían sudar.

En la madrugada se despertó agitado.

Se dio un baño y decidió tomar el trasporte público al trabajo, aunque aún faltaban algunas horas para que empezara su turno laboral. No lo hacía con frecuencia, pero decidió que, de quedarse dormido, mejor en un vagón de tranvía que detrás del volante del automóvil. Sabía que a esa hora de la madrugada no habría mucha gente usando el transporte público, así que no tenía temor de quedarse dormido y le robaran sus pertenencias, aunque tenía presente los últimos reportes de violencia en el servicio público.

Salió con un café en la mano y la mochila portacomputadora a la espalda. Encendió un puro y emprendió el camino a la parada del tranvía que estaba no muy lejos de su casa. Las calles de la ciudad a esa hora estaban desiertas y solo de vez en cuando veía las luces de un automóvil circulando. Sin embargo, en los portones se veía a los indigentes que vivían en la calle, debajo de sus cobertores rotos y en sus habitaciones improvisadas, algunos en tiendas de campaña o lonas, pero la mayoría debajo de cajas de cartón.Se escuchaban sus voces en un monólogo interminable y sus ronquidos. En algunas partes el olor a orín era penetrante.

Caminó sin cuidarse mucho de ellos. Sabía que algunos eran aguerridos, pero la mayoría solo pedía para poder comer algo y surtirse de alcohol o droga.

—Esto es siglo XXI —se dijo—, la despersonalización del individuo y la riqueza mal dividida.

***

Yemayá salió rumbo a su trabajo en la academia de danza Muévete. Le gustaba ejercitarse temprano, antes de que llegara el alumnado de la mañana: señoras en su segunda juventud que gustaban de recordar a través del baile sus días románticos que no volverán; madres primerizas que tomaban clases de zumba intentando recuperar la figura preconcepción; algunos hombres maduros y otros no tanto, que buscaban salir de la soledad, pero nunca encontraban la manera correcta de hacerlo, y por lo tanto se entregaban al baile como tabla de salvación.

En el turno de media mañana, eran bailarinas de bares para adultos. Practicaban el poste y la tela. Algunas tenían la aspiración de trabajar en el Cirque du Soleil. Y en el de la tarde, la danza clásica, moderna y el llamado *hip hop* inundaban las aulas, con alumnos de todas las edades. Mientras caminaba a la parada del tranvía, Yemayá va pensando si sería mejor revalidar su título como médico y tener una vida más solvente o perseguir un sueño que, por el momento, no le estaba llevando a ningún lado. Se sentía atrapada en dos mundos que le parecían irreconciliables.

***

Palante se despertó con sed. Siempre le pasaba lo mismo después de haber consumido alcohol mezclado con anfetaminas alteradas que conseguía detrás de la licorería a la que iba todos los días a comprar el ron más barato que pudiese. De comer se contentaba con lo que encontrase en cualquier basurero. En ellos también buscaba botellas de plástico que llevaba reciclar, para convertir lo ganando en ron y anfetaminas y repetir el proceso. Todo indicaba que había perdido la conciencia de sí mismo.

Se encuentran todos en la parada del tranvía y esperan cinco minutos junto al andén. Cada uno de ellos lo aborda por diferentes puertas. En el vagón hay, en la parte de enfrente, dos mujeres de mediana edad que hablan en voz baja. En uno de los asientos para discapacitados, un varón que parecía haber entrado ya en la tercera edad dormita con un periódico sobre las piernas.

Suena la campanilla y el tranvía comienza su lenta marcha. Eneas Plutarco toma asiento en la parte de atrás del vagón cerca de una de las puertas y Palante se sienta detrás de él. Yemayá decide tomar asiento frente al varón que dormita. Desconfía de los indigentes, y tampoco escucha la charla de las mujeres.

En la siguiente parada, suben una mujer y un hombre usando la acostumbrada máscara quirúrgica. En el momento de cerrar las puertas del vagón, sacan un cuchillo cada uno. Las dos mujeres en un principio no saben bien a bien lo que acontece y siguen hablando en voz baja, pero sus movimientos demuestran que la conversación se torna álgida por momentos.

La mujer del cuchillo se acerca a ellas y da un tirón de cabello a la que tiene más cerca, la cual, viendo la punta del arma cerca de su rostro, lanza un alarido que es contenido al momento de oír la voz que demanda silencio, pero, sobre todo, al sentir la punta de acero tocar su mejilla. La otra se tapa la boca con las manos, y con ojos desorbitados sigue todos los movimientos de la asaltante que intimida al resto de los pasajeros a guardar silencio y obedecer.

El hombre y Yemayá abrazan sus propiedades, pero no exhalan un sonido, mientras que Eneas Plutarco deja de ver por la ventanilla las calles pasar, para mirar aturdido lo que ocurre frente a sus ojos. Palante sigue murmurando incoherencias mientras dormita detrás de él.

Eneas Plutarco siente la necesidad de intervenir y evitar el robo, al mismo tiempo sabe que al defender sus bienes materiales arriesga la salud. Como quiera que sea, el trabajo está respaldado, las tarjetas de crédito se pueden bloquear, el efectivo es solo efectivo. En ese momento recuerda que en sus archivos del celular tiene algunas contraseñas guardadas, en clave, pero aun así la idea no lo hace feliz y, sobre todo, no tiene respaldo de todos sus contactos, de hecho, no recuerda ningún número telefónico, ni el suyo sabe de memoria. El escuchar los gritos de la mujer y las amenazas del hombre a los otros pasajeros le hace hervir la sangre, pero decide quedarse quieto.

Palante despierta en ese momento y comienza a gritar desaforado. Tanto los asaltantes como los viajeros giran el rostro a mirarlo. Nadie sabe si grita a los asaltantes o a las imágenes que vuelan en su cerebro. Su actitud es agresiva y agita las manos, como si peleara con alguien. De pronto, pone la mano sobre el hombro de Eneas Plutarco y le comienza a gritar que haga algo:

—¡Eneas! —le dice con mirar furioso—. ¿Es así como te comportas ahora? ¿Dónde está ese frigio por el que di mi vida combatiendo a los Terucos? ¿Para esto permití que Turno me sacara el alma del cuerpo? ¿Para esto dejé el solar de mi padre Evandro, para verte temblar como hoja al viento? ¿Qué esperas, troyano? ¿Y por qué no tomas el dardo y defiendes con tu vida a estos que piden tu auxilio? ¿No vengarás mi muerte a manos de Turno, ese que está ahí amenazando a un anciano?

Eneas Plutarco voltea desconcertado a mirar al hombre que le hace todas esas preguntas y, sobre todo, asombrado de que conozca su nombre, nada popular; por cierto, jamás entendió por qué sus padres lo llamaron así.

Palante cae rendido en el asiento que ocupaba y posa su mano sucia y fría en la nuca de Eneas. Al hacerlo *entra* en su mente, transportándolo a un mundo donde el primero no es el indigente que aparenta, sino más bien uno de los héroes Arcadios que ayudaron a Eneas, el original, a fundar en Italia lo que con el tiempo sería Roma, según el poeta Virgilio.

Mientras ve recorrer su vida pasada, Eneas Plutarco aprende a luchar como el héroe troyano que fue hace siglos. En ese momento, decide enfrentar a los ladrones. El pasajero que los acompaña se une a la lucha, y al ser dos contra dos, aunque desarmados, creen tener la ventaja. Siente que cada movimiento que ve de su «otro yo» se graba en su mente y cada músculo de su cuerpo.

Enfrenta al primer maleante, que al verse atacado pide ayuda a la compañera. Cuando esta va a atacar a Eneas, el pasajero acude en su ayuda, pero cae lastimado por un corte transversal no muy profundo en el vientre. La breve lucha dura lo bastante como para que desarme al maleante al que se enfrenta, quien, al caer sobre las sillas, se golpea la cabeza y pierde el conocimiento.

La mujer una vez que ha dejado fuera de combate al pasajero, se enfrenta a Eneas tirando tajos de arriba abajo y logra cortarlo en el antebrazo. Con la mano izquierda, Eneas toma de la muñeca a la asaltante y haciendo un giro sobre ella, logra desarmarla y, una vez sometida, le amarra a la espalda los brazos usando su cinturón o correa. Yemayá, mientras tanto, asiste al herido, cortando las mangas de su camisa y usándolas como esparadrapo y venda. Las otras dos mujeres siguen gritando, presas de histerismo, por una ayuda que nadie provee.

Eneas, a pesar de sangrar por el brazo, siente aún la adrenalina correr por su cuerpo, al darse cuenta de que ha dominado a ambos maleantes. La mujer, amarrada y amordazada, no cesa de tirar patadas y tratar de liberarse. El hombre está atado, amordazado e inconsciente aún.

Las pasajeras han dejado de gritar y sollozan juntas mientras se abrazan y reconfortan. Agradecen a Eneas su intervención. El pasajero sostiene con las manos el vendaje que Yemayá le ha puesto, mientras que ella asiste a Eneas y le cura el brazo. Este no deja de observarla y siente un estremecimiento por dentro. Ella le agradece lo que hizo, ya que evitó el robo y con ello, ella podrá pagar la renta del mes y comprar alimentos.

Eneas desea pedirle su número telefónico, pero no se atreve.

***

En ese momento, Palante quita su mano de la nuca de nuestro héroe, quien se da cuenta de que toda la acción que ha visto pasar ante él no duró más de unos segundos; sin embargo, sabe lo que tiene que hacer.

Eneas enfrenta a los ladrones que han herido al viajero, quien ha tratado de defenderse. En la lucha, les desarma y vence, ya que el movimiento del tranvía y el espacio solo les permite atacar uno a la vez. El hombre cae primero después de un certero golpe en el occipital. Mientras cae, la mujer no puede esquivar su cuerpo, situación que aprovecha para tratar de dominarla, pero la mujer tira un tajo de arriba abajo y logra cortarlo en el antebrazo; sin embargo, Eneas, con la mano izquierda, toma de la muñeca a la mujer y, haciendo un giro sobre ella, logra desarmarla y, una vez sometida, le amarra a la espalda los brazos usando su cinturón.

Yemayá mientras tanto asiste al herido. Las otras dos mujeres continúan gritando, presas de histerismo, por una ayuda que nadie provee, pero poco a poco se calman al percatarse de que la situación de peligro ha desaparecido.

Al llegar a la siguiente parada y abrirse las puertas, tres individuos armados entran al vagón. Son compañeros de los primeros dos que vienen de asaltar a otros pasajeros dos vagones más adelante. Notan con sorpresa a sus compañeros amarrados y se lanzan al ataque.

Yemayá levanta la cabeza y trata de proteger al herido con su cuerpo, mientras las mujeres comienzan a gritar de nuevo.

Palante, saliendo del trance en que se encuentra, sin saber bien a bien lo que sucede, se lanza contra uno de los nuevos atacantes, mientras que Eneas, en reducido espacio, enfrenta a los otros dos que se aproximaron en fila. Los vencen, amarran y amordazan. Llega la policía, tarde como siempre, en su auxilio. Los maleantes son llevados presos, mientras ellos salen del vagón a la estación. Algunos curiosos los miran. Palante se ha perdido entre la multitud, tan sigiloso como llegó.

El día comienza a clarear.

Con el sol, Eneas se da cuenta de que tiene el poder de ayudar a los demás en situaciones de peligro.

Acompaña a Yemayá a su trabajo, a pesar de la débil oposición de esta en ser acompañada. En cierta forma ella se siente protegida; las imágenes están aún frescas en su memoria. Antes de despedirse, Eneas le pide su número telefónico. Ella se lo da. Él se dirige a su empleo pensando que, después de todo, la vida pude ser una aventura que vale la pena vivirse.

¿DÓNDE ESTABAS?

NARRACIONES COTIDIANAS Y OTROS CUENTOS

NAHUÍ **OLLÍN**

ÚLTIMA LLAMADA: LA DEL ESTRIBO

Las bisagras de la puerta de la cantina El último trago y nos vamos rechinaron. Dentro, la vieja rocola tocaba una melodía a la que no le prestó mucha atención. Solo buscaba la mesa más retirada y escondida.

Tenía sed. Mucha sed. A diferencia de los demás, bebía para recordar.

Al fondo, junto a los baños, que despedían fuerte olor a orín, se desocupó una mesa. Se encaminó a ella con pasos tambaleantes y la mirada cristalina que ocultaban los rasgos de inteligencia que aún le quedaban. Sus ojos se fijaron en las sillas vacías primero y después en los restos de las bebidas sobre la mesa. «Aún quedan tragos», se dijo. Haló la silla, sirvió en un vaso los restos que encontró y se los bebió de un golpe. Buscó con la mirada al mesero al tiempo que se limpiaba los labios con el dorso de la mano, mientras con la otra extraía del fondo del gabán un cigarrillo.

Se palpó la camisa y el pantalón en busca de cerillos mientras que levantaba la mano para atraer la atención del mesero, que en ese momento servía a dos catrines.

Con un movimiento rápido encendió el fósforo y exhaló con placer el humo del cigarrillo. El mesero le preguntó qué deseaba beber. Tras un esfuerzo para fijar la mirada, pidió una botella de mezcal, limones, chile piquín, chapulines y sal. El mesero dio media vuelta y al poco tiempo regresó con un plato hondo con manitas de cerdo en escabeche a manera de botana. Le sirvieron su *caballito* de mezcal y, antes de que el mesero colocara lo demás, lo bebió de un golpe y alargó la mano a la botella. El mesero sacó la comanda y sin más le presentó la cuenta.

—No es por desconfianza, señor, pura precaución —dijo, aunque la actitud de espera confirmara la explicación no pedida. Enfocó la mirada tan solo para saber la cantidad.

—A estas alturas, el precio es lo de menos —contestó.

Abrió el gabán y después, el cierre escondido del cinturón, con dedos temblorosos, pero con resquicios de seguridad en las manos. Sacó un rollo de billetes arrugados y tomó dos de ellos.

—Por esta y la que sigue, y conserva el cambio —dijo mientras que se servía otro trago y le extendía uno al mesero.

—Salud.

El mesero se tomó la bebida, puso los billetes en el bolsillo del mandil y se retiró a atender a otros clientes que entraban en ese momento. La rocola dejó de sonar.

Paseó sin prisas la mirada por el lugar tratando de enfocar lo que acontecía a su alrededor. Primero, frente a él, la barra. Unos pasos más allá, la puerta de entrada de doble hoja que permitía el paso de los rayos del sol iluminado con fuerza algunas partes de la cantina, dentro de la cual el bullicio apagaba cualquier sonido proveniente del exterior. Entre la puerta y la barra, una sábana que, al menos, trataba de disimular la entrada a otra parte del local.

«Los cuartos», pensó. La cortina estaba doblada en dos sobre un alambre que guindaba entre la barra y el pasillo que cubría. A su izquierda, cinco mesas de cuatro sillas cada una. A su derecha, la entrada a los mingitorios cubiertos de aserrín y más allá, dos mesas más de cuatro sillas cada una. Había tres cuadros que trataban de representar escenas campestres típicas de siglos ya idos. Enfocó la mirada vidriosa en el *caballito* y la botella, lo colmó y sin prisa lo sorbió. Dejó que el líquido bajara por la garganta quemándola un tanto y la sintió deslizarse hasta el estómago con esa sensación de chisporroteo que hace la lava al hacer contacto con el mar. Chasqueó la lengua.

Cuatro jóvenes halaban las sillas listos para sentarse, cuando el mesero comenzó a limpiar una de las mesas. Uno de ellos depositaba cajetilla de cigarros y cerillos, mientras que otro extraía papel y lápiz. Los otros dos, por poner algo, apoyaban las manos sobre la cubierta recién pulida por el mesero.

—¿Qué, mis *jovenazos*?, ¿de cuál será la sesión de hoy?
—saludaba amigable a la clientela conocida.

—Don *piter* mineral.

—*Presidencola*.

—Prestas... añejo pintado, para mí.

—Corona y un tequila, el que más te guste pa empezar.

—Dos de cada una como siempre y el dominó,
¿verdad? —preguntó, aunque conocía la respuesta de sobra.
Así que, antes de que lo *cabulearan*, como ellos decían, dio
media vuelta y se dirigió al cantinero mientras sacaba de un
arcón un estuche de dominó.

Para cuando el mesero acudió con todo, él ya había
perdido la cuenta de *caballitos* que llevaba. En la distancia
escuchaba que se agitaban las fichas y las voces de los cuatro amigos se confundían con las voces de su interior, de
sus recuerdos. Al contrario de los demás, solo bebía para
recordar, hasta que se le embotara el sentido de recuerdos y
de alcohol, solo así podía dormir y dormir era olvidar. En la
rocola sonaba *La muerte de un gallero*.

—¿Cada quién pa su santo? —dijo una voz algo gangosa.

—¡La pregunta de los 64 mil! ¿Eres, te haces o te
hicieron? —dijo una cuarta voz.

—La regla de siempre. Último y primero son pareja,
pero el perdedor paga esta ronda.

Las fichas dejaron de girar, cada uno vio su juego, brindaron.

—Con o sin su permiso, pero la caja de sodas manda
—decía uno de ellos mientras ponía la ficha de doble seis
sobre la mesa abriendo la partida.

—Espántame pantera —tronó una voz de bajo mientras
azotaba sobre la mesa su ficha.

Giró la cabeza en dirección de la mesa, pero la vista lo
traicionaba. Donde solo había cuatro, él veía más de ocho.

El mesero regresó con más botana: mojarras fritas,
frijoles, arroz, tortillas de maíz y salsa de habaneros con
ajos. Al mirar la comida, algo en el vientre le recordó que
no había probado bocado en varios días. Partió en dos una
tortilla y enrolló un pedazo de pescado. Comió con unción
y dejó que la grasa escurriera por su boca y mano. Trató de
hacer memoria y le parecía que por lo menos durante cinco
días no había comido, así que llevaba algo así como siete «en
la uva», como dirían sus amigos. Tomó la otra mitad de la

tortilla, la dobló en forma de cuchara y la llenó de frijoles, arroz y sal; la metió a la boca y masticó despacio. Vio dos figuras caminar rumbo a su mesa. No los reconoció hasta que estuvieron sentados. Eran dos de sus compañeros de pobreza y tragos: Ágata, mejor conocida como la Ampolleta, y Nicandro, apodado el Nicomedes.

—¿Qué onda, ese valedor? ¿De «bebe solo» hoy? —le preguntó la Ampolleta, mientras alargaba la mano a la botella y daba un trago largo.

—¡Uy, cuate! Para eso me gustabas —comentó el Nicomedes al tiempo que le quitaba la botella a la amiga, para después dar un trago que pareció durar una eternidad.

—Esos, atiéndanse nomás —contestó recuperando la botella y pidiendo dos *caballitos* más.

El mesero regresó con los vasos, los colmó, dejó un plato con gusanos de maguey nadando en jugo de limón y sal con chile, dio media vuelta y desapareció. Brindaron. Tomó unos cuantos gusanos en la mano, los metió en la boca, echó la cabeza hacia atrás, con los ojos cerrados al tiempo que bebía de golpe el contenido. Sintió que los gusanos se le atoraban en la garganta y trató de escupir.

Al bajar la cabeza y abrir los ojos, no reconoció dónde se encontraba; parpadeó varias veces, giraba la cabeza para tratar de identificar el lugar, pero todo era extraño y diferente, empezando por la música y la luz del lugar.

Estaba dentro de un elevador. Había cinco personas más entre hombres y mujeres. La música era tenue e instrumental: piano, cuerdas, vientos. La luz fosforescente la atenuaba el plafón que cubría los tubos.

Se miró las manos. Las uñas estaban limpias y bien cortadas, incluso tenían un poco de esmalte. Vestía camisa blanca de mangas largas, que sobresalían del saco color gris perla con delgadas rayas negras; debajo, un chaleco que tenía una cadena de plata y en un extremo un reloj de carátula; lo guardaba en la bolsa del lado izquierdo. Gastaba tirantes. En los puños de la camisa usaba dos mancuernas redondas de plata en cuyo centro se encontraba una piedra jade. Los zapatos negros. El pantalón plisado, del mismo color que el saco y el chaleco, le llegaba justo a los tobillos, con un ligero dobladillo. La cabeza la cubría un sombrero estilo fedora, del mismo color.

El clásico «¡ding!», y abrirse la puerta un momento después, no le dio mucho tiempo para ver a sus acompañantes. No sabía en qué piso se encontraba y una fuerza irresistible le hizo salir del elevador.

Se encontró en un piso pintado de blanco, sin más decoración que una maceta que contenía una planta que no supo identificar.

—¡Ah! Es usted —escuchó la voz amigable, pero un tanto impersonal, lo que llaman *profesional*, de una mujer —, lo esperaba. Pase, no se quede ahí nomás. Tome asiento.

Giró la cabeza a su izquierda y vio un escritorio con una silla de brazos vacía. La mujer estaba sentada detrás del mismo, leía unos papeles y no había levantado el rostro.

Haló la silla y se sentó. A su derecha vio una cafetera eléctrica, tazas y azúcar.

—¿Le apetece un café? Ande, sírvase, con confianza.

Dudó en servirse. Transcurrido un momento, la mujer levantó el rostro y lo miró directamente a los ojos. Sonreía tanto con la boca, de labios regulares de color rosa que enmarcaban unos dientes blancos y parejos, como con los ojos. La nariz era recta y un pequeño diamante lanzaba discretos destellos desde una de las fosas nasales. El peinado del cabello castaño claro era casi de raya en medio y tenía las cejas en forma de ligero arco.

—Bien. Vamos al asunto entonces. Esto que ve aquí es la historia de su vida —comentó mientras posaba la mano derecha sobre un folio que contenía algunos papeles y que había cerrado unos momentos antes.

»Interesante, en líneas generales, pero las últimas páginas, ¿cómo decirlo?, no muy agradables de leer para ser honesta. Por favor, no se moleste, lo digo sin afán de ofenderle; sin embargo, es la verdad. No me causa placer mencionarlo. Está usted aquí porque se ha decidido darle una oportunidad.

Abrió un cajón a su mano izquierda y extrajo un papel en blanco que hizo parpadear al hombre.

—Disculpe, debí haberle advertido —dijo ella en tono un tanto preocupado.

—Como le decía. Usted tiene hoy la oportunidad de decidir entre continuar como hasta ahora, mientras dure su camino, o empezar de nuevo y, como escribió el poeta, «ser el arquitecto de su propio destino». ¿Le gusta la poesía? ¡A mí me encanta! En fin… puede decidir en qué nueva dirección quiere llevar su vida.

El hombre seguía sin comprender lo que estaba pasando. Miraba a su interlocutora, el piso sin ventanas, la planta desconocida y por fin balbuceó:

—¿Dónde estamos? ¿Quién es usted?

Ella lo miró entre sorprendida y alegre. Se acomodó el cabello por detrás del cuello y sonrió.

—¿Eso es lo único que se le ocurre pensar? Es usted muy simpático. Pensaba que estaba listo para responder, o al menos esa impresión tenía. Vaya. Es una contrariedad. No se preocupe por quién soy o dónde estamos. Es más importante que piense qué quiere hacer: ¿seguir como hasta ahora o empezar desde *cero*? ¡Hum! Tal vez necesita más tiempo. Sí, eso es. Bien, entonces firme aquí (le alargó un papel señalando el lugar para firmar) y no se preocupe por la fecha, no es la misma que la de su tiempo.

Él firmó, aunque no supo que firmaba.

—¡Muy bien! Entonces, tiene usted… sí, tres días de su realidad para meditar lo que desea hacer. Hoy es 13.0.9.11.13, por lo tanto, lo esperamos el 13.0.9.11.16 a la misma hora. Me ha sido usted muy simpático. Tal vez nos volvamos a encontrar, ¿quién lo sabe? Ahora, vaya al elevador de la derecha, es el que le conducirá a su realidad. ¡Hasta pronto!

Abrió la gaveta del lado derecho y guardó los folios. Sacó otro de la gaveta de la izquierda y se sumió en la lectura. Parecía haberlo olvidado por completo.

El hombre se levantó y siguió las instrucciones. Al llegar, se abrió la puerta del elevador. Entró, estaba vacío. «¡Ding!». Se cerró la puerta con un ligero sonido hidráulico y se apagaron las luces.

***

Nicomedes reía a carcajadas, al tiempo que lo sacudía para despertarlo, mientras la Ampolleta se metía en la boca un pedazo de tortilla que tenía en los dedos y que envolvían un pedazo de carne en salsa verde.

—¡Uy, manito! Las cosas que pasan en estos días, estos

canijos no han pagado la luz y nos dejaron a oscuras un rato. Y que te *quedastes* bien *jetón*, ¡ja, ja, ja! A ver, Ampolletita de mi corazón, rola la botella, no te quedes con ella.

Desconcertado, se levantó rumbo al lavabo. Entró, se bajó la bragueta y comenzó a orinar. No se le ocurrió otra cosa mejor. Terminó y se buscó en el espejo lleno de grafiti. No se reconoció al principio.

—Pinche alcohol —murmuró. Se echó agua en el rostro y el cabello, y regresó a la mesa.

La Ampolleta masticaba, y al verlo sentarse le extendió un *caballito* rebosado de mezcal.

—Salucita de la *güena*, mi güero.

Chocó el vaso con ella y lo bebió de un trago. Se sirvió otro y uno más; «la del estribo», se dijo.

—Pinche alcohol —murmuró, antes de perder el conocimiento.

Despertó en el cuchitril en que vivía. No sabía cómo había llegado ni cuánto tiempo había pasado. No recordaba mucho tampoco.

Escupió y se levantó del camastro cubierto con un petate en que dormía. Se dirigió a la esquina del cuarto y orinó en la bacinica que tenía ahí, debajo del único banco para sentarse. Salió de la habitación rumbo a la escalera para bajar al patio central de la vecindad. Llegó a los lavaderos, abrió el grifo y metió la cabeza debajo del chorro cerrando los ojos. Pasaron varios minutos antes de que se sintiera mejor. Sintió el piquete de un tábano en la espalda y de dolor abrió los ojos y se encontró dentro del elevador que ya conocía. Estaba solo esta vez. Sonaba en el altavoz *La danza española* de Granados.

«¡Ding!», sonó al tiempo que la puerta del elevador se abría.

—¡Otra vez usted! ¡Vaya que es una sorpresa! Sé que hoy es el plazo de su cita, pero la coincidencia es de asombrar, ¿no le parece? Pero, pase, pase, no se quede ahí de pie. Ya conoce el camino. ¿Café? ¿Té? ¿Agua? ¿Tiene su respuesta lista?

La misma mujer de la vez pasada le dirigía la palabra. Esta vez vestía de tonos azul pastel, con el cabello recogido cen chongo, y le hablaba con el mismo tono impersonal. Por su parte, él seguía sin tener la más remota idea de cómo había llegado a ese lugar. Tomó asiento y la miró fijamente. «Una respuesta», pensó.

—Así es, una respuesta —menionó la mujer como leyendo su pensamiento—, dejar atrás la vida que lleva y escribir páginas nuevas en su vida, si me permite usar la analogía, claro. Dejar atrás la influencia de la Ampolleta y Nicomedes, sin afán de ofenderlos; son un tanto nocivos para su salud, ¿no cree? Claro que, ¿quién soy yo para juzgar, verdad? En fin, emprender un nuevo camino y, por ello, nunca sabe uno a dónde lo puede llevar, tal vez los encuentre de nuevo. A saber. En fin, ¿qué decidió?

***

Despertó en una cama de colchón duro pero confortable. La habitación tenía una cómoda, un perchero, el armario y dos cuadros a los costados de una ventana que le quedaba en frente. El de la derecha era una marina. El de la izquierda, escenas de la selva tropical. Más allá, a un costado de esta última, estaba la entrada al lavabo. Salió de la cama. Vestía un pijama a rayas azules y blancas. Se dirigió a la ventana, la abrió y vio la ciudad desde el rascacielos en el que vivía. Comenzó a sonar el teléfono. No le hizo caso. La máquina contestadora respondió y escuchó la voz femenina conocida:

—¡Buena decisión! Su nueva vida comienza a partir de este momento. Tal vez nos encontremos de nuevo, eso nadie lo sabe, aunque tal vez dependa de usted. En fin, que su día sea *ma-ra-vi-llo-so* —la escuchó decir alargando las sílabas y se perdió la comunicación.

Sonrió para sus adentros. Claro que quería verla de nuevo; tenía muchas preguntas que precisaban respuestas. Se vistió. En la cocina se preparó un café colado y salió del departamento. Pulsó el botón para solicitar el elevador. Pasados unos momentos, «¡ding!», sonó, se abrió la puerta y entró.

Presionó el botón PB. «¡Ding!», sonó una vez más y comenzaron a cerrarse las puertas.

«Una nueva vida», pensó y una sonrisa jugueteó en sus labios, mientras el elevador descendía sin hacer ruido.

¿DÓNDE ESTABAS?

NARRACIONES COTIDIANAS Y OTROS CUENTOS

NAHUÍ **OLLÍN**

ELLA

in prisa se levantó de la cama. Estiró los brazos, las piernas, y arqueó la espalda.

El sol iluminaba tenue la habitación; apenas la luz suficiente que las cortinas permitían pasar. Parecía un día como cualquier otro: un baño de agua fresca, comer algo de fruta, ir al trabajo. Todos los días, al caer la tarde, la lectura del horóscopo en la prensa, la comparación con su rutina, la reflexión, el acostarse con la intención de cambiar... el despertar y soñar el logro del objetivo durante los minutos que demora en salir de casa y llegar a trabajar.

La rutina no le permitía ya la esperanza de alguna sorpresa. «¡Quién para sabio, y para sabio, Salomón!», era la frase más popular de la familia cuando el destino le deparaba algo fuera de lo normal. Y de saberlo, ¿qué cambiaría?, si el destino está escrito ya, nada; si es cambiante, no importa. Pero le importaba.

Despacio, ya desperezado, fue quitándose la ropa de dormir mientras caminaba al baño... El día anterior, nada espectacular a decir verdad, salió de lo común: coincidía con el horóscopo.

«Mi vida está cambiando o, más bien, no ha sido un error, fracaso sería más propio; las estrellas y yo coincidimos en el infinito espacio... pero ¿qué me deparan de ahora en adelante? Creo que debo rasurarme... ¿Dónde están esos rastrillos? Es desperdiciar el agua mientras se calienta, pero qué remedio; tal vez ahora podré saber qué es eso que los demás llaman buena suerte, en verdad me siento diferente. ¡Ah!, seguro me irrito, tal vez con un poco de talco... percibo en el aire una sensación. ¡Ah! No sé, ¿sorpresa?, ja, ja, ja. Sorpresa, la última vez que tuve una fue cuando jugué lotería instantánea y saqué reintegro... ¿Cuánto hace de eso?

¿Diez, quince, veinte años, tal vez? ¡Vaya que pasa el tiempo!, ¿y si me quito la barba? Pero, no pasa en balde, al menos, dicen que todos tenemos una segunda oportunidad para que la suerte toque la puerta. No, mejor me la dejo, es menos superficie que afeitar; se hace tarde. Al baño, un regaderazo rápido. Pero ¿qué clase de oportunidad será? ¿Laboral?, ¡ta difícil!, para ascender debe renunciar mucha gente o morirse, y no creo lo primero, y no les deseo lo segundo».

Se sentó en el inodoro. Abrió el periódico y se puso a leer la primera nota que encontró.

—Este artículo está interesante, ¿qué se piensan esos políticos?, ¿que tratan con idiotas, que todos estamos tarados?, ¿que tenemos miedo de enfrentarlos?, pero de guerrillero ya me imagino, ¡ja, ja, ja! Lo peor del caso, es que tampoco se puede uno expresar libre, la amenaza sobre los que lo intentan es constante, es como tener la espada de ese... cómo se llamaba... Damocles o algo así, sobre la cabeza.

Haló la cadenilla. Abrió la llave de la regadera que controla el agua caliente/fría. Una vez que alcanzó la temperatura que le gustaba, entró y comenzó a bañarse.

«¡Ah!, esta agua en verdad reconforta y, con el frío que hace allá afuera, hasta ganas de quedarse dan, pero... *bue*, hay cuentas que pagar. ¿Entrar al sistema sin palanca?, imposible, y aun entrando, qué se lograría si están *reamafiados*. ¡Coño!, cómo arde el champú. Enjugar dice la etiqueta, pero de que hay algo raro o algo va a pasar, es un hecho. La cosa es cómo me afecta. El sistema. Todo es un sistema, o igual al sistema, todo el mundo hace grilla. Ahí está C., lidera una vez y cree que debe hacerlo siempre, y hace todo lo posible por que los jefes así lo crean...».

Salió de la ducha. Se secó. Abrió la cómoda y sacó ropa interior y calcetines. «Medias, les dicen en otros países», se dijo mientras se los ponía. Sacó una camisa blanca del armario y un traje color marrón, sin chaleco, y los colgó en el perchero junto a la cama. Los zapatos eran de color beige. Se paró ante el espejo del baño.

«Esta corbata va bien... muy largo, debo hacer el nudo más grande. Y los afectados hacen grilla contra él, o sea, lo de siempre y en todos lados. Muy ancho, ¡¿es que nunca me van a salir a la primera?!, ¡coño!, y a la hora que uno se mete de zalamero, no consigue nada, bien lo decía mi abuelo, moviendo el índice, de arriba abajo: "En la historia de la humanidad no ha habido *jijejúta* zalamero que quede bien"».

«Si ni en mi pequeño mundo las cosas cambian, cómo cambiarlas a nivel nacional, ¿la guerrilla?, ¿la política? O como hacemos la mayoría, solo sobrevivir importa; para eso, para cambiar las cosas, no hay tiempo... En definitiva, la corbata es la prenda de vestir más estúpida que existe... Bueno, pero para intentar cambiar las cosas, es necesario comenzar en casa. Así que vamos a ver si puedo hoy hablar con *** ¡Qué bella mujer! Pero ¿cómo hacer que me dirija la palabra, si en más de una ocasión la he escuchado, con esa su hermosa risa haciendo coro a las bromas que los compañeros, ¡ja!, "compañeros", hacen a mis espaldas... pero con tal de escucharla reír no importa. ¿Cómo pueden pensar en tanta cosa cómica los demás? ¿Por qué no se me ocurren a mí? ¿Calcetines obscuros o claros?, creo que, con este pantalón marrón y los zapatos beige, estos calcetines. En fin, creo que se ven bien. Mujeres y política... no se llevan esos pensamientos al mismo tiempo, pero es imposible negar que son apasionantes, además, las mujeres siempre tienen que ver en la política, de una manera u otra, ¡siempre tienen algo que ver!».

«Necesito abrir otro hoyo en el cinturón, estoy bajando de peso, o mejor, comprarme más pantalones. ¿Será que siendo delgado *** me voltee a ver? ¡Qué mujer tan bella, tan vaporosa, tan...! ¿Cómo describirla? Si al menos fuese medio poeta, ya sé que de eso, y de loco, todos tenemos un poco, pero por más que me esfuerzo, nada... o de plano, solo se me ocurren ridiculeces como: "*** querida / vida mía / por ver tu sonrisa / media vida daría". ¿Quién voltea a ver a alguien que piensa eso?, ¡por Dios!, es patético».

«¿Cómo compararlo con aquello que dice:

"Puedo escribir los versos más tristes esta noche (...) mi corazón la busca, y ella no está conmigo"?, pero no soy ni remotamente el maestro Neruda. ¿Cómo competir contra eso? Un licuado, cereal, ¡ah, un guineo!, cáscara al depósito de lo orgánico, ¡Rico me quedó el licuado! ¿Y si le hago un compuesto de varias canciones alternadas con las cosas que se me ocurren?, así al menos no podrá decir que soy un completo fraude, medio fraude, sí, pero no COM-PLE-TO, ja, ja, ja. Ya me veo entregándole el escrito: "Señorita

*** (muy formal), me he permitido escribir esto para usted, (una ligera reverencia), espero que le gusten". Sobre todo así de corridito, ja, ja, ja... ¿Por qué las cosas no salen como uno las imagina? "Se-se-ño-ño-rita ***, me he pe-per-mi-mi-ti-do escribir e-esto p-para usted, e-es-pe-pe-ro que le gusten"; seguro así me sale en cuanto la vea ¡ja, ja, ja! Si con mirarla pasar me pongo todo nervioso. Y las dos veces en que he tenido que solicitarle algo, he decidido buscar un intermediario para que no se ría de mí».

«Me imagino el lago cerca de su casa. Caminarlo, rozar su mano en el movimiento natural del andar, tratar de acariciar sus dedos, mientras vemos a los patos nadar, el verde de los árboles y, en algunas de sus hojas, comenzar a brillar el amarillo del otoño; ese amarillo me recuerda de repente el amanecer».

Tomó un papel y después de pensar un poco escribió:

Hola, unas breves líneas para decirte que estoy pensando en ti, y que espero te estés divirtiendo ¡Ah!, ¡quién como el cielo y las nubes y el sol que pueden verte! ¡Quién como el viento que puede acariciarte, mesar tus cabellos de color castaño, quién como el árbol, el ave, el edificio, la banqueta, donde se posan tus ojos color miel! ¡Quién como la acera que tocan tus delicados pies! ¡Quién como el sonido, al que le permites murmure en tu oído... como tu abrigo... como tus amigos, que, sin temor, te rodean, prendados de tu simpatía, tu belleza, tu alegría! ¡Ah! La vida toda, quién como la vida toda para tenerte cerca.

—¡Uf! Se lo entrego y se muere de risa... Es lo bueno de soñar, todo se acomoda a nuestros caprichos, y no cuesta nada. ¿Y si en verdad se lo entrego? ¿Qué puedo perder? ¿El honor? Ese años ha no lo conozco, pero sería más fácil dedicarme a la política que atreverme a hablarle y, ya en eso de la política, quién sabe, tal vez y… Pero, no. Ni así. Está muy lejos.

Afuera comenzó a llover. Primero unas gotas pequeñas y rápidas, después grandes que azotaban las ventanas. A los pocos minutos, había escampado.

«Me gusta la lluvia, pero me había acostumbrado a la manera de llover de T***, aunque se ponga negro como la noche el cielo, y llueva como si jamás pensara llover otra vez, hace calor rico, salvo en enero, que es más fresco y, al llover, pues sale uno a caminar, ya que el agua refresca... Ahora entiendo aquello de que la lluvia produce melancolía... añoranza».

El sol está pálido, como con miedo de brillar; la distancia y las nubes le hacen sentir pena de su calor; aparece e ilumina un poco la habitación y, con el soplar del viento, las nubes vuelven a tomar el control, y lo cubren de nueva cuenta.

«¿Será que algo como: "He pensado mucho en ti... no me malinterpretes, pero tienes casi todo (ni siquiera tú eres perfecta, pero eres lo que más se acerca a ese concepto) para fascinar a cualquier hombre y, seguro aparecerá ese inteligente príncipe azul que esperas. ¡Saber que podría ser yo!, si no fuera porque no soy como imaginas a ese príncipe?". Divago; está rica esta pera... y en la espera, el que espera desespera...el tonto jueguito de las palabras. No tengo remedio, ¡ja!».

***

«El ritmo cotidiano de la vida en verdad que es monótono. Hacer cuentas, redactar memos. ¡Verla, verla, verla! Ella es lo único que da vida a mi alrededor. Y, sin embargo, eso es lo más difícil del asunto, nada más ser capaz de verla, de seguirla con la mirada, y de repente, esa mirada furtiva que creo ver venir en mi dirección. Es increíble lo que siento en ese momento; lo que haría yo, vaya, ¡hasta cirugía plástica! Ja, ja, ja. Con lo que vale eso. Aunque, el otro día, en verdad me pareció que en realidad me miraba. ¡Qué sensación tan maravillosa! ¿Será que...? Digo, tan solo es cosa de perder peso y ganar más dinero, aunque dicen que las mujeres bellas están cansadas del dinero, que lo que buscan son hombres inteligentes, sentimentales, esas cosas, que tampoco tengo, ¡*toi joido* coño! Ja, ja, ja».

Sacó de la gaveta a su izquierda una hoja de papel en blanco y escribió:

———

Hola, bonita, ¿cómo estás? Espero no estar molestándote demasiado, pero estoy preocupado en verdad, y mi imaginación da muchas posibles respuestas al silencio de tu parte. La incertidumbre me está matando..., no he podido dormir bien. Aunque detesto la palabra y la sensación, me conformaría con un breve mensaje de tu parte, saber que estás bien y tal vez, si es tu voluntad, saber el porqué de tu silencio..., ¿es mucho pedir?

Leyó el mensaje dos veces. Dobló el papel en cuatro y lo rompió en ocho pedazos. Después los puso en diferentes contenedores de papel para reciclar.

—Quiero decirle tantas cosas y no puedo; ahí está la cosa: no le puedo decir lo que siento... así *pos* ¿cómo quiero?

***

Sacó su diario del fondo de la gaveta donde la escondía, como tratando de ocultar sus más íntimos pensamientos. Sin anotar la fecha, escribió:

¡Se gastó por hoy! Otro día pasó en blanco y no le hablé. Lo peor del caso es que ya se dio cuenta de que me tiene loco... seguro. ¡Esa mirada de hoy, ¡guau! ¡Ay, mojo perro! ¡Ja, ja, ja! ¡Qué bárbara! ¡Cómo mira! Claro que también me imagino la cara que puse. Ahí estaba yo, en la contemplación total y fantaseando, cuando de repente: ¡pum! Ella me miraba, ja, ja, ja. Me puse tan nervioso que no se me movió un músculo, paralizado, bendito sea Dios; cometo una estupidez y jamás regreso al trabajo y me cambio de pueblo. La cosa es que se dio cuenta, al menos, eso creo... Mañana le hablo... ¡Es un hecho!

***

En las últimas páginas del diario, si algún curioso lector lo encontrara, vería redactadas las siguientes líneas:

Han pasado veinte años desde que escribí estas líneas. Justo es terminarlas.

Jamás le dirigí la palabra. Esa noche murió junto con un amigo en un accidente automovilístico.

Mi rutina sigue igual. Mismo departamento, mismo trabajo, mismo auto. ¡Ah!, un cambio: nuevo patrón.

Mi vida se fue con ella. Hoy la recuperaré.

¿DÓNDE ESTABAS?

NARRACIONES COTIDIANAS Y OTROS CUENTOS

NAHUÍ **OLLÍN**

SUPERHÉROE

Comenzaba a amanecer cuando llegó a casa, su pensamiento aún era un remolino de recuerdos del día laboral que acababa de terminar, entremezclándose con el que estaba comenzando.

—Tanto trabajo, ¿para qué? —se preguntó en voz alta, al tiempo que se desnudaba y siguió pensando:

«Las cosas no cambian, no importa cuánto me esfuerce; con suerte, duermo dos o tres horas, lo demás se me pasa en trabajar, trabajar y trabajar… Esta doble vida me va a matar, no tengo tiempo para mí, hago ejercicio, me visto, estudio, trabajo; todo lo que hago es por los demás, me comporto por y para ellos».

Se metió en la cama, cruzó los brazos por detrás de la cabeza contemplando los rayos del sol entrar por la ventana abierta, iluminando poco a poco el techo, pasando de los tonos pastel al amarillo amanecer. Dio la vuelta sobre la cama, colocándose en posición prenatal, tratando de controlar el diálogo interno y dormir. «Al principio era divertido ayudar a los demás sin que percataran de que era yo, claro que muchas veces no pude ser como soy. Mi identidad secreta desde pequeño la supe y tenía que controlarme para que no me descubrieran; mi *amá* y mi *apá* me educaron bien. Ser amado en el anonimato ¡Con las chicas, mi más asiduo rival! ¡Jamás pensé que llegaría a esto!».

El día había sido pesado como siempre desde sus quince años, sentía que estos, aunque un poco más lento que para los demás, no pasaban en balde. «Ahora estoy cansado. ¿Qué he logrado? No mucho, en verdad, no importa cuánto haga, nunca es suficiente».

La luz del sol llenaba la habitación, la ropa, entre ordenada y no, se encontraba en toda la recámara, frente a la ventana, una mesa con papeles sobre ella, las puertas del armario estaban cerradas. «¡Tengo flojera! Hoy se la pueden pasar sin mí».

Sonó el despertador, le pareció que solo había dormido unos segundos. Giró a su izquierda aún con los ojos cerrados y de un manotazo lo aplastó y se acurrucó de nueva cuenta.

De pronto, se incorporó con los ojos muy abiertos y la respiración agitada, buscó la hora en el despertador y, al descubrirlo aplastado, escupió una maldición. Revisó entre las bolsas de su pantalón y sacó su reloj de pulsera que marcaba 12:15 p. m., estiró los brazos mientras una sensación de culpabilidad le recorría el cerebro y, de ahí, todo el cuerpo. Sintió sonrojarse; la imagen de sus padres le cruzó por la cabeza, con cara de entre reproche y comprensión, lo que le resultó un tanto extraño.

Se levantó y se dirigió rumbo al baño, girando la cabeza en torno del aparato telefónico con contestadora automática. Parpadeaban diez mensajes; mientras orinaba, la disyuntiva entre revisarlos o no era agobiante; se lavó las manos, el rostro y los dientes. Decidió ocuparse en algo para calmar ese reclamo subconsciente que lo hacía vivir para los demás y ser él a solas, o hacer lo que él quería por una vez; nada de televisión, a lo mucho, caricaturas, dibujos animados que les dicen; pero eso sí, ni prensa ni radio. Recorrió con la vista su biblioteca, una novela, tal vez algo que incluyera la aventura y el romance o algo fantástico.

***

Una sirena que tan solo él podía escuchar, en la segunda recámara, empezó a sonar. Se congeló; esa señal merecía tenerse en consideración: se encaminó a la habitación, abrió el ropero que contenía solo la ropa necesaria para darle ese nombre, la apartó y presionó un botón y dos puertas se crearon del fondo falso y a medida que se abrían, se podía distinguir un panel de luces sobre el monitor y debajo de este, un teclado.

El panel de luces constaba de cuatro: blanca, amarilla, naranja, roja; conforme se abrían las puertas, la primera que se veía era la roja. Si esa parpadeaba, un holograma de la situación se representaría en forma inmediata; con esa luz encendida, no había mucho tiempo que perder. A su izquierda estaba la naranja, a la derecha la amarilla y a la derecha de esta, la blanca, que en ese momento era la que parpadeaba; significaba que había un robo de magnitud en progreso, pero confió en que la policía todavía supiera hacer su trabajo sin su ayuda.

«Al final, no importa cuánto viva ni cuánto bien haga, desapareceré y las instituciones quedarán». Se preguntó dónde había leído o escuchado eso.

Decidió dejar abierto el monitor y solo intervenir si la señal naranja parpadeaba; sonó el teléfono y dejó que la máquina contestara. Llamaría más tarde al trabajo reportándose cansado sin encontrar una causa aparente, así no mentiría al menos y no provocaría que lo fuesen a visitar, deseaba estar solo.

Se sentó en el sillón, como le llamaban en su casa, con los años, aprendió que el nombre común era «mecedora», pero prefería seguir llamándolo sillón.

Se mecía lento al tiempo que sus ojos ávidos recorrían la descripción del famoso gascón de Dumas, y se lamentó de lo que habían hecho con los personajes y la novela los cineastas norteamericanos «yanquis, gringos, gabachos, güeritos, o como ellos se denominan, americanos; como prefieran» pensó, y se escuchó reír, entre sarcástico y convencido, recordando que los mexicanos y canadienses son norteamericanos también.

Lanzó un suspiro.

«Al final, no importa, mi deber es tratar de ayudar a todos, sin importar la raza, sexo o religión. Pero ¡Dios!, qué difíciles son. Es imposible que se pongan de acuerdo, es lo que los caracteriza y lo más triste del caso es que los mantiene tan alejados los unos de los otros; aunque se junten y vivan en comunidad por siglos, esa ambición de tener más, no se pueden conformar, siempre deben tener más. Se sienten poderosos, y en ese sentimiento de poder lo que abunda es la debilidad».

«No hay nobleza en su riqueza. ¿Cuántos casos habrá que no caigan en esto? Creo que los dedos de la mano me alcanzan para contarlos. Todos los demás, ¡ah!, pensarlo y deprimirse es todo uno, más cuando los escucho decir: "Ande yo caliente y ríase la gente", ese egoísmo. Hasta en sus religiones lo son, casi todas hablan del amor, del paraíso, del amor al prójimo, del respeto, pero se matan en nombre de su Dios».

Sonrió. Meneó la cabeza y trató de concentrarse de nuevo en la lectura.

La alarma blanca sonaba constante, sintió un poco de curiosidad de saber en qué país se estaría realizando el asalto. Dejó el libro en el piso y se dirigió a la habitación.

La pantalla estaba dividida en seis: izquierda arriba, veía al planeta girar; abajo, el continente americano estaba pasando despacio; al centro en ambos cuadros: cada diez segundos, la panorámica del espacio vista desde los satélites que había colocado alrededor de la tierra y que eran indetectables; en la parte superior derecha, un mapamundi computarizado en tercera dimensión; abajo de este, la ubicación de la ciudad y estadísticas pertinentes junto con el audio y video de la escena del crimen.

—Indonesia, Surabaya, a ochocientos kilómetros de la capital, Yakarta —murmuró—, me llevaría dos horas y media llegar. Para ese entonces, el sistema de rastreo debe indicarme la posible dirección de los asaltantes. En total, me llevaría unas cinco horas; nada mal, pero dejemos a la policía hacer su trabajo ¡Hoy estoy de vacaciones!

Regresó al sillón, tomó el libro y descubrió que tenía sed; dejó el libro en el piso, se levantó y se sirvió un vaso con jugo de naranja; con pereza regresó al sillón, dispuesto a no interrumpir la lectura, a menos que sonara una de las sirenas que se había prometido siempre atender.

***

«El tiempo vuela en verdad», pensó, al tiempo que miraba el reloj: 4:25 p. m. La señal blanca había sonado cuatro veces; en dos de ellas estuvo cerca de suspender la lectura y atender el llamado, pero decidió seguir leyendo.
Se levantó del sillón y se dirigió al baño, giró las llaves y se metió en la ducha esperando que no sucediera como otras veces: en el preciso momento en que comenzaba a lavarse la cabeza, sonaba una de las señales importantes. Rio para sus adentros y continuó enjabonándose.

Cerró las llaves de la regadera, tomó la toalla y comenzó a secarse cuando sonó una sirena en tono más agudo. Sus músculos se tensaron mientras caminaba apresurado al cuarto. Sabía que era la señal amarilla, pero necesitaba enterarse de qué era lo que sucedía; se rascó la cabeza, mientras pensaba: «este sí que está cabrón».

La pantalla arriba-izquierda mostraba las nubes desplazarse, mientras en la parte superior derecha del planeta, en ese momento no iluminada por el sol, se veía la formación de una elipse cerca del poblado de Mangüí. Sabía lo que significaba y el desastre que provocaría. Miró a la parte superior derecha: Asia, China, Mongolia inferior, casi fronterizo con Rusia; analizó las estadísticas:

Población: 25,000 habitantes.
Tiempo estimado de impacto: 3:30 hrs.
Posibles pérdidas humanas: 14.24% a 25.67%.
Mi tiempo estimado de llegada: 3:36 hrs.
Con una velocidad requerida: 4 w.
Mi máxima alcanzada: 3.8 w.

—Una cosa son los asaltos bancarios y otra es un tornado azotando una población que no tiene la más mínima idea de lo que le espera —murmuraba—, es mi deber hacer algo. Silbó al tiempo que se presionaba la muñeca derecha con sus dedos anular y pulgar de la mano izquierda. Al finalizar la aguda nota, lo que parecía techo vibró y se abrió justo en el instante que pasaba por ahí tratando de alcanzar su máxima velocidad y un poco más.

Al tiempo que se esforzaba al máximo, cruzó por su mente la idea del final de sus vacaciones, «cuatro horas, diez minutos, quince segundos, para ser exactos», y sonrió en su interior.

¿DÓNDE ESTABAS?

NARRACIONES COTIDIANAS Y OTROS CUENTOS

NAHUÍ **OLLÍN**

LA DESPEDIDA

San Juan de la Buenaventura.
Inicio de primavera del presente año.

Querido mío:

¿Cómo estás? Espero que en verdad más tranquilo.

Parece que las cosas se han enredado mucho entre nosotros y comienzan a tomar caminos extraños.

Me hablas de amor y de pasión; en otra palabra, de sentimientos.

Quieres que defina mis sentimientos. O mejor, que defina nuestra amistad.

Alguna vez me preguntaste qué había pasado con nuestras conversaciones artísticas, políticas, humanísticas. Te respondí que ahí estaban (aún lo están), pero en últimas fechas nuestras conversaciones son más de reclamo que de otra cosa.

¿Sabes algo?, a pesar de «saber» sigo sin «comprender» esa necesidad que tenemos los seres humanos de querer conocer lo que otros piensan o sienten.

En consecuencia, yo no me lo pregunto, menos lo cuestiono. Me basta con saber qué doy.

¿Cuánto doy? En cada momento todo lo que tengo. Pero eso no quiere decir que siempre sea el mismo sentimiento. Uno predomina siempre. Ese es la amistad. Primero eres mi amigo, siempre serás primero mi amigo.

Dices que tú no haces lo que hemos hecho con tus amigas.

No sé tú, pero todas mis relaciones parten de la amistad. Lo que suceda después es otra historia.

En ocasiones, la amistad ha disminuido de forma unilateral. En otras se abre la puerta a la relación sentimental.

Me preguntas qué ha significado NUESTRA AMISTAD (así, con mayúsculas y todo lo escribiste).

Significa de todo. ¿Es muy vago el término? Si lo piensas bien, no lo es.

Es como el día y la noche. O el cero. O la distancia de la tierra a Alfa Centauri. O como el pensamiento humano. O saber cómo se creó la tierra o el universo. O como la fe.

Pero, dentro de ese todo, para mí existe algo importante. Sé cómo lo vas a llamar. Si así lo quieres, está bien, al ser una idea, se presta a interpretación infinita, a veces finita, pero ese algo al que me refiero es el no exigir para no esperar. Prefiero llenarme de esa sensación de recibir sin esperar, que recibir esperando.

¿Que es un escudo para no dar? No. No lo es. Ya que yo me entrego tal como soy en todo momento. Solo reacciono conforme recibo y siento.

Si estás molesto, alegre, preocupado, cansado, pasional, hastiado, aburrido, soñador, poético, enfadado, estresado, siempre has tenido mi amistad. Ya que estoy ahí, siempre.

¡Ah!, para ustedes los hombres nada es bastante. Y lo obvio, a veces, requiere una explicación.

Si fuera yo matemática, podría crear la siguiente ecuación: «amistad = amor = cariño».

Si filósofa, pudiese elaborar el siguiente silogismo: «Si hay cariño, hay amistad; si hay amistad, hay amor; si hay amor, hay cariño».

Si fuera anarquista respondería: «Pero es condición de recibir lo que se da para entregar. Esto es, existen diferentes clases de amor, amistad y cariño».

Si fuese poetisa, le escribiría una rima al amor... a la amistad... al cariño... que al final son lo mismo.

Pero no soy nada de lo anterior.

Tienes mi amistad.

Es todo lo que puedo dar, porque es todo lo que tengo.

Ten paz, salud y amor.

obló la carta, y con cuidado la introdujo en el sobre, con destinatario, pero sin remitente. Todos los recuerdos le golpearon la memoria, mareándola. Tanto que tuvo que apoyarse sobre el respaldo de la silla para no caer.

Una lágrima le surcaba el rostro. Pocas veces había derramado una. Ahora, que pensó que había encontrado lo que buscaba, descubría con tristeza que la fortuna nunca le sería buena y constante. Todo lo contrario, mientras más cerca se encontraba según ella de la felicidad, más profunda era su caída en la desesperación.

Los recuerdos le cargaron más la espalda, haciéndola sentar. Paseó la mirada cansada por su mesa de trabajo: las plumas a su izquierda; frente a ellas, un tintero, recuerdo de su bisabuelo, heredado a través de su abuela materna.

Había intentado utilizarlo varias veces, pero la fortuna en el inicio mismo de su vida le jugó la primera broma, era zurda. Al intentar escribir con la pluma de ganso que era el complemento del tintero, por su mano inexperta corría la tinta, obligándola a escribir más de una vez la misma frase y, en ocasiones, la carta entera. Con el correr de los años, pudo superar a base de mucho esfuerzo el inconveniente, pero solo usaba esa pluma en contadas oportunidades, y le llevaba horas completar una página sin mancharla.

Por eso, esta, más que ninguna, le había dolido tanto redactarla.

Mientras la escribía, pasaban por su mente todos y cada uno de los instantes que había pasado con él y se le representaban en vívidos detalles.

Frente a ella, las gavetas del escritorio lleno de papeles, notas, libros, lápices, cuentas. Sobre ellas, un elefante de madera, pequeño, del tamaño de la palma de su mano; los ojos y los colmillos, de los cuales, el derecho estaba roto, eran de marfil. Otra reliquia familiar.

A la derecha del elefante, sobre la pared, una mancha de color algo más obscuro que el resto indicaba que algún día hubo frente a él el retrato de alguien.

Sus ojos se posaron sobre la mancha. Suspiró. Y, como buscando el consuelo que le faltaba, recorrió con la vista su pobre habitación: el camastro detrás de ella, a la izquierda, el aguamanil entre la puerta y la ventana.

Regresó su mirada al vacío de la pared. Meneó la cabeza al recordar que ni ese gusto tendría ya de él. Jamás sus ojos volverían a contemplar el rostro una vez tan amado. Él, en su furia, ya que nunca comprendió el amor que ella le daba, se había llevado todo lo que le pertenecía. Todo. Hasta la esperanza.

De nuevo el peso de los recuerdos la apabulló. Apoyando el antebrazo derecho sobre el escritorio, miraba, sin ver, sus zapatos color café y gastados, como todas sus prendas de vestir, como su espíritu.

Inclinó su frente y la apoyó en la palma de su mano y, con suavidad, comenzó a frotarla.

Sintió el vacío de su vida con más peso que otras veces.

Sin mucho ánimo se decidió a salir. Tomó el sobre en que había metido la carta, su bolso, las llaves y salió rumbo la oficina de correo que había en su barrio. Dio un fuerte suspiro al abrir la puerta. Dejó salir el aire al cerrarla tras de sí.

—Tocar fondo es lo mejor. Ya no hay más que para arriba.

Una sonrisa jugueteó en sus labios. Dejaba atrás el pasado. Una de sus tías le había ofrecido trabajo en la provincia. Tenía una casa de huéspedes y necesitaba ayuda. Tendría además de la comida y habitación un buen sueldo y, según le comentó sonriendo: «Más que nada para que me hagas compañía, *mija*».

Llegó a la oficina de correo y se dirigió a la ranura/ buzón que estaba en la puerta del fondo.

Introdujo la carta. Dio media vuelta. El sol le deslumbró por un momento y lo tuvo por buen augurio. El sol seguiría brillando y eso siempre implicaba una oportunidad más para seguir viviendo.

«De ahora en adelante, un día a la vez», se dijo. Tomó un taxi en la esquina de la avenida.

—A la terminal de autobuses, por favor.

***

El sol de mediodía inundaba con su luz la Plaza de Armas del pueblo. En el centro, el monumento, con su respectiva estatua, del héroe nacional, cercado por gruesos eslabones de metal. A sus espaldas, el edificio de gobierno. A su derecha, la iglesia de estilo colonial. A la izquierda, los portales, donde se encontraba desde ropa hasta un café con leche bronca en uno de los sillones mecedores que estaban a la entrada del establecimiento. Frente a él, a trescientos pasos, el quiosco donde todos los domingos una banda alegraba la tarde. Los sábados, se llenaba de puestos de comida, flores, frutas, verduras y animales para la venta o trueque, dependiendo de cada mercader. Por la noche, un trío, una marimba y un mariachi esperaban a los enamorados en cualquier estado en que se encontraren, o a aquellos que desearan celebrar la ocasión.

En cada extremo de la plaza, se encontraba plantado un guayacán. Entre ellos, un macuilís.

La avenida principal, de dos carriles tenía plantada, a intervalos, buganvilias y palmas. Frente a la plaza, cruzando la avenida, estaba el parque infantil, que, además, contenía un pequeño zoológico, una cancha de fútbol, otra de baloncesto, que se usaba a veces como de voleibol, y una zona arbolada de frutas varias y, en la parte de atrás, una laguna.

A la derecha del parque, estaba ubicado un muelle y un bodegón largo que hacía, además de su función, las veces de mercado cotidiano, ya que la fuente principal de comercio seguía siendo el río. Paralelo a él, un malecón lo acompañaba de extremo a extremo, hasta los límites del pueblo.

El caserío se extendía a los costados de la Plaza de Armas y a sus espaldas.

La avenida principal conducía a la carretera que llevaba a la cabecera municipal. Era de dos carriles la mayor parte del trayecto, las reparaciones de asfalto no duraban más allá de media temporada de lluvias, y la creciente del río cercano era una amenaza constante.

***

Librando uno de los pozos que se formaban en el asfalto, un hombre conducía su bicicleta. No usaba sombrero como el resto de los varones del lugar. En lugar del tradicional de ala ancha, usaba un panamá gastado. En la canastilla, llevaba una maleta color parda.

Sin mucha prisa llegose a los portales. Desmontó frente al comedor, recargó la bicicleta contra la pared y, colocando la maleta a su izquierda, se dejó caer con todo su peso en uno de los sillones.

Un niño salió, lo miró y le preguntó si deseaba algo de beber o comer recitándole el menú del día. Pidió un agua de pitahaya y pejelagarto asado. El niño asintió y se perdió en la obscuridad del local.

Una vez que perdió de vista al pequeño, tendió su vista por el pueblo. No había muchas personas en la calle, el rayo del sol castigaba todo aquello que alcanzaba.

Supuso que algunos estarían en el río y otros en el campo. Los niños en la escuela, si es que había una cercana, las mujeres en el hogar. Los comerciantes y la burocracia en lo suyo.

De un costado del edificio que contenía la representación del gobierno, vio salir una pareja de uniformados. Supuso que la comandancia de policía estaría en la parte baja del edificio, con su correspondiente separo. Adivinó también que el juzgado y ministerio público estarían sobre la comandancia.

Salió el niño trayendo un vaso con agua de pitahaya y un plato con tortillas. Regresó corriendo al interior. Y salió con un platillo ordenado. El hombre olfateó el pescado, estiró la mano y tomando la mitad de una tortilla, arrancó un pedazo, le añadió la salsa de chile amashito con limón y llevándoselo a la boca lo masticó con placer. Cuando el niño iba dando la vuelta, pensó que un plato de frijoles acompañaría perfecto al pejelagarto, lo llamó y los pidió. Bastaron unos momentos nada más para que regresara el menor con un plato hondo y humeante de frijoles.

Sin prisa el hombre fue comiendo.

Más de tres órdenes de tortillas acompañaron al pejelagarto y los frijoles. Se bebió dos vasos con agua de pitahaya. Retiró los platos, giró la silla noventa grados, estiró las piernas y se puso a contemplar el destello de la luz en la plaza.

«¿Habrá dónde dormir en este lugar?», se preguntó mientras bostezaba a causa del cansancio del viaje y el proceso de la digestión. Bostezó dos veces más, y decidió hacer la siesta ahí mismo, sobre el sillón. Miró su maleta sin decidir bien a bien qué hacer con ella, decidiendo al fin dejarla en donde estaba.

Se abajó el sombrero, inclinó la cabeza sobre su pecho y se quedó dormido.

***

Las dos campanadas de la iglesia lo despertaron. No se sobresaltó, estaba acostumbrado a despertar en lugares diferentes. Miró en derredor y vio a un zanate grande y viejo rondando cerca de la fonda. Una de las alas le guindaba. Le dieron ganas de atraparlo y curarlo. Sonrió de su idea. Él necesitaba tanta o más ayuda que el zanate.

Vio salir al pequeño y lo llamó.

—Por favor, ¿puedes traerme un chocolate amargo, pero con agua, no con leche, y un pedazo de dulce de leche?

El niño asintió con la cabeza y corrió dentro a buscar lo que le habían pedido.

Sacó su cartera y contó su dinero. Necesitaba hacer algo pronto, no le duraría mucho tiempo lo que tenía.

Regresó el pequeño con el chocolate y una tableta de dulce de leche.

Saboreó primero el dulce, y después, a pequeños sorbos, se bebió el chocolate. Al terminar, se levantó y entró para pagar. Necesitaba saber si había una casa de huéspedes o algo parecido. Además de procurarse una idea de en qué podría trabajar.

Dentro de la fonda, tres parroquianos bebían café y fumaban. Una señora de mediana edad estaba frente a una caja registradora, que, sin ser del siglo pasado, lo parecía. Pagó su cuenta y preguntó por la casa de huéspedes.

—¿Cuánto tiempo piensa quedarse? —le preguntó ella.

—Pues, no lo sé en verdad. Vengo a probar suerte acá. ¿Usted renta habitaciones?

—Pues, sí, depende de algunas cosas.

—¿Cuáles?

—Primero, saber cuánto tiempo va a quedarse —insistía ella mirándolo en veces de frente, en otras viéndole de reojo.

—¿Qué vale la habitación?, necesito saberlo para poder decirle —replicó él, con una sonrisa que mostraba su embarazo por no poder contestar la pregunta.

—Doscientos cincuenta sin regadera, trescientos con regadera. Entonces, ¿cuánto tiempo piensa quedarse?

Hizo cuentas de forma rápida.

—Bueno, el que tiene baño por tres meses y, si encuentro trabajo, por seis meses más, si le parece doña — dijo sin prisa y sin saber qué esperar.

Ella lo miró de nuevo.

—Está bien. Sígame.

Se dirigieron hacia la parte posterior de la fonda. Pasaron por una puerta y la luz del sol de mediodía lo cegó de forma instantánea y por un momento. Cuando recuperó la visión, se encontró en medio de un patio, rodeado de arriates con flores y matas diversas y un pozo en el centro.

Al fondo del patio, a la izquierda, se encontraba una escalera que conducía a donde se encontraban las habitaciones. En el primer nivel, cuatro habitaciones, que compartían la regadera que estaba en el rellano de la escalera.

Subieron al segundo piso. Había tres habitaciones. Le indicó la del fondo. Le entregó la llave, y regresó por donde vino.

La siguió con la vista hasta que desapareció por la escalera. Se asomó al barandal, y miró los patios de las casas vecinas, sembrados algunos con plátanos, otros limones, framboyanes, más allá mangos, macuilís. Se paró frente a la puerta y, al sentir el sol sobre su rostro, miró a su izquierda. El sol, en camino de ocultarse, pintaba el cielo y las nubes en tonos rosados, rojos, amarillos, azules, intensos y pastel, como pocas veces había visto. Aspiró el aroma de los azahares que estaban junto a su puerta. Una sensación de esperanza le invadió el espíritu.

A los pocos minutos llamaron a su puerta, la abrió y vio al niño que a duras penas podía cargar su maleta.

—Dice mi *ma* que tal vez necesite su bulto, don. —Y dejó la maleta en el piso.

Lo miró con simpatía, le dio unas monedas y cerró la puerta.

Sonrió entre divertido y melancólico. Comprendía lo que llenarse de esperanza significaba, y sabía, vaya que lo sabía, lo que era verla morir, desvanecerse, aplastarnos con el peso de su ausencia.

—Pero la esperanza muere al último, y eso será cuando yo muera —se dijo en un murmullo, mientras giraba la cerradura que abría la puerta de su nueva habitación, de su nueva vida.

Dejó sus cosas sobre el camastro y armario. Recorrió una vez más la habitación, se dirigió a la puerta, salió al pasillo y la cerró con doble llave.

Al llegar al portón que daba a la calle se encontraron.

¿DÓNDE ESTABAS?

NARRACIONES COTIDIANAS Y OTROS CUENTOS

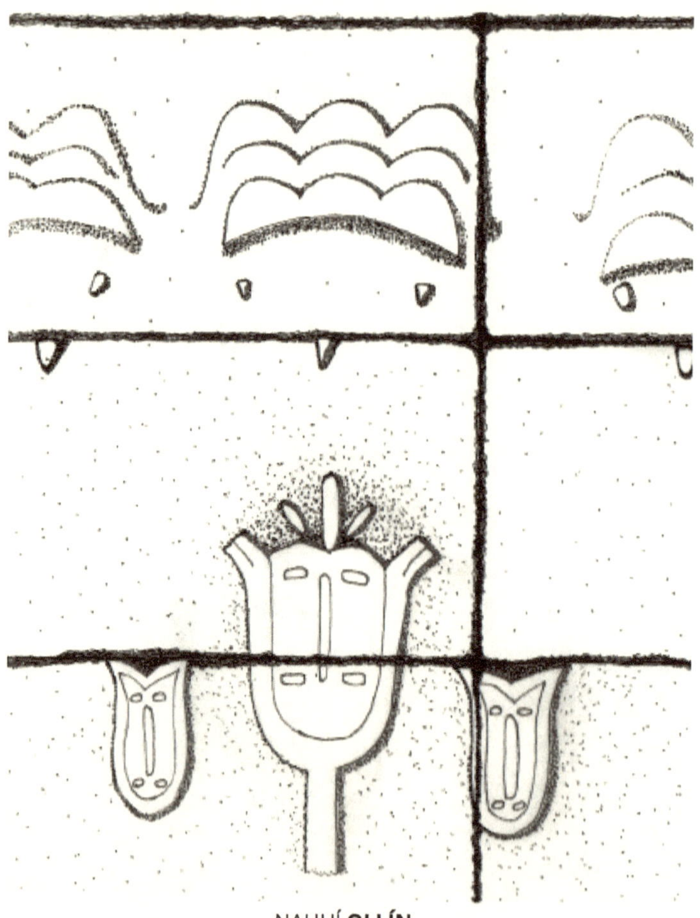

NAHUÍ **OLLÍN**

ESPERANZA

El sol brillaba, mas no en toda su intensidad. Aún no era mediodía. Sin embargo, sudaba por cada poro de la piel. La ropa se le pegaba al cuerpo, delineando sus piernas delgadas pero fuertes como cables de acero, a fuerza de comer poco y caminar mucho. La camisa de manta raída la llevaba abierta a medio pecho. Seco de carnes, fuerte, sin asomo de vello. Las gotas de sudor resaltan el color bronce de su piel, formando diminutos prismas.

Los brazos, al caminar, los dobla por los codos al igual que los dedos de la mano. La cabeza la llevaba echada hacia adelante. Su cuello es fuerte. Soporta el peso de 20 viajes de leña al día. Su mirada, siempre fija en el terreno, alerta, trataba de mantenerla seca de sudor; más de una vez, este había entrado en sus ojos haciéndolos arder y le nublaban la vista por momentos; la vista fija y alerta en los lugares donde suele encontrar a la serpiente llamada nauyaca, aunque pareciera que no la quitaba de lo que, algún día, fueron unos flamantes huaraches. Los primeros que se hizo por sí mismo. Eran su orgullo. Él mismo había matado al animal. Por supuesto, el animal fue una cena de la que pocas veces gozaban. Había curtido la piel. Hecho las tiras, los amarres. Pero de lo que más orgulloso estaba era de la suela, una mezcla de piel de animal y *olli*, petróleo le llamaban ahora.

Caminando en busca de ocote, se encontró un charco del líquido negro y viscoso. Antes de verlo, lo olfateó. Sabía lo que era y representaba. Se acercó despacio, todos sus músculos estaban tensos. Los sentidos, alertas. Su mirada era más perspicaz ahora. Sabía que los trabajadores y los «señores ingenieros» estaban cerca. Siempre lo están donde ese líquido maldito aparece.

Sabía lo que quería. Necesitaba una generosa cantidad del líquido. A pesar de ser el causante de su mal, tenía cualidades que eran necesarias para sobrevivir. Siempre servía como combustible; así la leña recolectada, completa, podía ser vendida. Pero más que nada, servía como suela para esos huaraches que deseaba hacerse.

La forma de hacer la suela era ancestral y se seguían pasando el secreto de padres a hijos, todos ellos. «Uno nunca sabe cuándo la muerte ha de alcanzarnos», decían los mayores de su familia y, en previsión de ello, todos los miembros recibían la tradición, pero solo el padre podía hacerlo y decidir cuándo se realizaría. Él era el quinto en saberla. Jamás escuchó a sus hermanos mencionarla y jamás la mentó, aunque sabía que todos ellos la conocían, sin importar si la usaban o no. Los más jóvenes, y algunos de los mayores, preferían usar esos adefesios de chancletas hechas de plástico.

Sus hijos aún no eran lo suficiente fuertes para aprender la tradición y, aunque la impaciencia lo consumía, guardaba el secreto. Solo debía cuidarse hasta el momento de poder transmitirla al mayor. Y ahora, la oportunidad de cumplir un sueño y el peligro de ser sorprendido por la gente del petróleo.

Recordaba con furia y horror cuando llegaron y los desalojaron del ejido diez años atrás. *Quesque* los iban a reacomodar. Que mejores tierras. Que dineros para el grano y hasta bueyes para una yunta. Los animales del corral serían registrados y enviados por ferrocarril. Mil familias serían transportadas a muchos kilómetros de la tierra de sus ancestros. Fue una pelea desigual. Muy pocas de ellas resistieron el embate largo tiempo.

La necesidad de dinero, no ya para salir de deudas, sino para comer, era urgente en el ejido La Esperanza. Las mil familias resistieron hombro con hombro cinco meses de asedios. Después, llegaron los abogados. Las opciones comenzaban a reducirse.

Siglos de lucha, con la clase burócrata y leguleya, no los habían preparado para lo que representa el *olli*.

***

Pasados los cinco meses, la avaricia de unos, dinero fácil, reubicación, mejores tierras de temporal y riego, transportación de todos sus bienes, pero sobre todo la *generosa* cantidad en efectivo, más de lo que habían podido ver tres familias juntas a lo largo de todas sus vidas y por varias generaciones; y algunas palabras al oído aquí y allá por parte de los abogados, trabajadores e «ingenieros», sembraron la discordia y la consiguiente desintegración del grupo. Al año, tan solo trescientas sesenta familias resistían.

Llegaron los uniformados. La cosecha no produjo. La tienda no se podía abastecer. No les vendían y menos les compraban; esa era la realidad. Sin aviso previo las ofertas comenzaron a bajar, era ahora a ese precio, o el desalojo por medio del ejército, la «Constitución» muy bien lo decía. Hubo que ceder.

***

Ahora, el ejido La Nueva Esperanza quedaba tan vacío como su antecesor.

De las mil familias, en el viaje, murieron diez. Doscientas han migrado a la capital del estado. Trescientas, a la capital del país. Casi todas las restantes las componen mujeres, niños y ancianos. La mayoría de los hombres han migrado al país vecino, en busca de una *mejor vida*. De muchos de ellos no se sabe nada. Los más, están igual que en su tierra, añorándola, y sin poder regresar. Varios han muerto en el intento de cruzar. Otros lo intentan una y otra vez. Pocos han logrado el sueño, y mandado por su familia.

Los hombres que quedaban, junto con las mujeres, los niños y los ancianos, seguían trabajando la tierra, de sol a sol, recolectando leña, cazando, cuando había tiempo libre. Siempre había sido así. Siempre debería de ser así. Y ahora, de nueva cuenta, la amenaza.

Si la vida del hombre se rige por ciclos como los de la naturaleza, no quedaría rastro de ellos. No serían nada, solo desaparecerían. Lo que alguna vez fue el orgulloso poblado de *Nallimeyalli*, «al otro lado del Manantial» y, después, a la llegada de los blancos, la hacienda La Esperanza, Ejido la Esperanza y, ahora, Nueva Esperanza, se desvanecería en el olvido. Nadie guardaría recuerdo de ello. No podían permitirlo. Pero tampoco sabían cómo evitarlo.

Para él, la única manera era mantener esa tradición viva. Sabía que algunos de sus vecinos tenían una y la transmitían, pero cada vez eran menos y a los jóvenes no les interesaba en lo más mínimo, tal vez por haber mantenido el secreto, tal vez porque, como muchas cosas, ya no servían para nada.

Se acercó cauteloso al *manantial* negro. Vació el *bush* del agua que contenía. Podía prescindir de ella y siempre podía abrir un coco con el machete si le daba sed. Cortó un poco más del pico y lo llenó mientras oteaba y escuchaba, alerta.

Sin prisa, borrando todo rastro suyo, regresó por la senda que andaba. Primero, lo escondió en el platanar y después se dirigió al jacal.

Entró al jacal, con un «buenas» seco, tomó otro *bush* y salió. La mujer lo miró, sabía que era de pocas palabras, pero le conocía los tonos. Algo le dijo que no estaba todo tan tranquilo como él aparentaba, pero los años le habían enseñado a no preguntar.

Llegado el momento, él le informaría, le expresaría sus pensamientos, le preguntaría su opinión y tomaría una decisión. Ella creía en él. Además, siempre la consultaba y, en su decisión, ella reconocía parte de sus ideas.

***

Lo siguió con la mirada hasta que se perdió entre el platanar. Regresó al jacal. Era hora de encender el fuego. Él regresaría pronto de donde quiera que fuese.

Los escuincles jugaban. Los llamó una vez. Corrieron hacia ella, entre sonrientes y preocupados. Sabían que no habían terminado con sus labores, aunque no faltaba mucho para ello.

Ella los miró orgullosa. Valía la pena el sacrificio de racionar su porción de comida por ellos. Eran delgados, la ligera pancita que tenían se debía a los parásitos; su color cobrizo tomaba tintes de rojo al caer sobre ellos los rayos directos del sol; de facciones finas, los ojos un tanto rasgados, grandes y obscuros, el cabello lacio y negro, los labios un

---

76

tanto gruesos. Eran cinco: tres varones y dos niñas. El mayor de nueve; siete, la segunda; seis, el tercero; cuatro, el cuarto y la menor de dos. Cada uno con una obligación especial. Además, los tres mayores, recorrían con el padre el platanar y el maizal por las mañanas; los dos pequeños se quedaban aún cerca de casa.

Encendió el fogón. El esfuerzo de abanicar, el calor y la humedad, la hicieron sudar. El rostro, el pecho y la espalda se le llenaron de gotas de sudor. Lo sintió recorrer poco a poco su cara, antes de guindar en ella por un momento, como gota de rocío, y caer después en la arena que rodea al hogar. El movimiento de su mano es constante; una vez encendido, es labor de la hija mayor mantener la brasa ardiente.

La niña se acerca, la sonrisa que brillaba y jugaba en sus labios ha desaparecido, la expresión ha cambiado por una concentración total en la labor a desempeñar. Antes de tomar el abanico, sienta a su hermanita cerca del lugar que ocupará, no quiere sahumarse otra vez. Soltó una risita que todos escucharon al recordar el incidente, le dio pena ser el centro de las miradas y, sin dejar de sonreír, solo dijo:

—Ayer en la tarde, ¿recuerdan?

Todos rieron. Había soplado tan fuerte el aire que toda la casa se llenó de humo haciendo toser a todos hasta que pudieron salir del jacal y orear el ambiente.

La madre, sin dejar de sonreír, trajinaba con un pollo, estaba por romperle el cuello. A veces la asaltaba el pensamiento de que así moría uno, que era como cuando ella mataba al pollo, un chasquido y ya, no más vida. Y disfrutó el momento de su vida. Por eso no le importaba pensar en morir y desaparecer, solo le importaban esos momentos de risa de sus niños.

Tenía el sueño de que todos ellos pudieran salir de ahí. Esa era la razón por la que los mandaba a la escuela, intuía que podía ser la mejor manera de que sus futuros fueran mejores que el suyo. Suspiró. Pasó la mano izquierda frente al rostro, dos veces, como queriendo espantar los malos pensamientos. Era momento de preparar la comida; él no tardaría en regresar y, aunque jamás le exigió la comida como hacían los demás, *sabía*, muy bien lo *sabía*, era lo que él esperaba. Lo único que le preocupaba era que la comida no variaba mucho, pero si la lluvia era buena, y no había mucha creciente, las cosas cambiarían. Había sembrado un pequeño espacio cerca del río. Era su secreto. Quería sorprenderlo. Imaginaba de antemano su mirada inquisidora primero, esa mirada que la ponía nerviosa en todos los sentidos, después un brillo de aprobación, sin preguntas. Eso era algo que le gustaba de él, nunca decía nada en presencia de los niños, ni a favor ni en contra, solo se lo decía a ella, calladito al oído, cuando la chicharra se escuchaba.

Mientras una sensación de calofrío le recorría la espalda, palmeaba la tortilla, dándole el grueso y formas perfectas. Había decidido experimentar. Ardía la manteca, había picado muchos ajos y estaban fritos, añadiría la tortilla a ello, después las untaría de frijol y las cubriría de tomate, aguacate, repollo y cebolla. El pollo lo prepararía con papas.

Era un día especial para ella. El único sentimentalismo que se permitía. Cada año lo celebraba. Ese día eran quince años exactos de que lo había visto por primera vez.

Ella todavía usaba trenzas. Él había ido con el resto de los hombres, amigos de su padre, a beber pozol a su casa. Nunca lo había visto antes. Sabía que debía servir primero a su padre, pero llevó dos jícaras de amargo; solo esperaba que él estuviese cerca de su padre. Salió a la luz brillante del patio, bajó la mirada para evitar el resplandor, se acercó a su padre y, de forma mecánica, levantó ambos brazos y, después de una pausa, la vista. Él recibía la segunda jícara, su mirada parecía perdida en el horizonte, pero ella vio su brillo, un brillo que manifestaba el acuerdo de los dos, como si hubieran crecido juntos y se hubieran comprometido para el resto de la vida desde años atrás, en esos juegos de la infancia que siempre le parecieron inocentes y los mejores de su vida, hasta que lo conoció y tuvieron hijos.

Dio rápido la vuelta, un temblor le recorría el cuerpo, el corazón no emitía sonidos más fuertes, pero bombeaba más sangre, sangre que le subía al rostro. Bajó la cara, y se dirigió a la cocina.

Debía atender a los demás, como lo hacía el resto de sus hermanas. El calor, la emoción, el palpitar acelerado de su corazón la distrajo, derramó una jícara de pozol y la regañaron. Salió presurosa a servir a los demás. Él ya se había ido. Paseó la mirada en derredor y vio su dorso perderse en el maizal.

Con paso firme se encaminó rumbo al *manantial* del oro negro. Necesitaba saber si alguien había visto a los ingenieros. O si había pozos cerca. Claro que llegarían, pero para ese entonces necesitaban estar preparados. ¿Qué sería lo mejor...?, ¿la capital, el Distrito Federal, el extranjero?

Lo que él era lo llevaba por dentro. Pero la tierra, ¡esa tierra de sus mayores!, jamás la recuperarían. Y en esta ocasión, tampoco lo contratarían para, al menos, estar cerca de lo suyo. Se detuvo un momento. Había mucho silencio. Miró en derredor. Esperó. El silencio de la selva siempre le imponía. Toda su vida la había pasado en ella. La conocía, la respetaba, en momentos la temía, pero más que nada la amaba. Algo andaba mal. Se agazapó y esperó por esa señal que le diría qué hacer.

Una pequeña parvada de pericos remontó el vuelo de un mango gigantesco que se veía a la distancia, a la derecha del *manantial*. Jaguar u hombres. Solo ellos podían reducir a ese silencio a la selva; los pericos describieron una parábola en un cielo azul sin nubes y regresaron al mango. La selva se reanimó, volvió la vida, después de su eterno ritual con la muerte, y comprendió entonces que había sido un jaguar. Se levantó, calculó el tiempo que le llevaría ir y regresar; no quería que la noche le encontrara en la selva.

Decidió ir a casa del cuñado. Apretó el paso, parecían pequeños brinquitos su caminar, los dedos de la mano, flexionados un poco hacia dentro. La mirada atenta. El *bush* a la espalda, el machete a la cintura.

Se dirigió rumbo a la izquierda del mango. Pasaría entre el *manantial* y el árbol, llegaría al río, y cruzaría a ver al compadre que vivía río arriba. Este trabajaba en la cabecera municipal, era barrendero. Pero él sabría si los ingenieros habían llegado o si estaban por llegar, o si alguien sabía del pozo. Lo que no sabía muy bien era cómo formular las preguntas; siempre le había costado trabajo hablar, siempre era breve, justo lo necesario, si preguntaba era directo, si contestaba, parco.

Se rascó la cabeza mientras veía el río y se encaminaba al lugar donde escondía su cayuco. Había aprendido de su padre a tener más de uno. Dos en casa, siempre. Otros en los lugares de rápido acceso, río arriba o abajo.

Decidió que lo mejor sería llegar con unas cervezas, «a saludar *noma'*». Tenía tiempo que no se veían, así que esa era la mejor excusa, preguntar por las nuevas familias y las del pueblo... Traía justo para seis caguamas.

Se impulsó con el bordón comenzando a remontar la corriente, cerca de la orilla. La tienda se encontraba a medio camino de casa del cuñado. Las garzas revoloteaban sobre el río, algunos lagartos, con el hocico abierto, se calentaban en las orillas. El lirio flotaba libre sobre la corriente. El sol la iluminaba y despedía ciertos destellos que a ratos eran cegadores.

Llegó a la tienda. Uno de los hijos del tendero, siempre a la orilla, sentado sobre una raíz de mangle, semidesnudo, estaba listo para atender a los que llegaran por ahí. Al ver el cayuco se levantó, agitó el brazo derecho y se aprestó a recibirlo.

La orden fue breve:

—*Sei caguamaj.*

Le extendió la mano con el billete y una bolsa de bejuco. Amarró el cayuco y esperó a que el chamaco regresara con el encargo. Acomodó las caguamas en el fondo. El chamaco lo desató y, con un fuerte impulso, se alejó con suavidad río arriba. Minutos más tarde, vislumbró la casa de su cuñado.

A la cuarta caguama, salieron los chismes del ayuntamiento. El gobernador, decían por ahí, había comprado casi toda la selva que había entre la tierra ejidal y el pueblo. *Quesque* era considerada parte importante del ecosistema mundial.

Más que nada era un buen negocio turístico, diría el cuñado, con cara de buen entendedor; la laguna, la selva, la posibilidad de poner un lugar para el vacacionista permanente.

—*Lo gringoj*, hermano, ahí *ta* el dinero —dijo secándose la boca con el dorso de la mano— y el negocio. Dicen que el *gober noj* va a dar trabajo, *pajeando a lo turitaj*, ¡ajá!, aunque *pongaj* esa cara, *eje e* el *pretejto*, lo oí, que para eso *Dio* me dio *orejaj pue.* ¡Glu, gul, gul!, se escuchó mientras se daba un largo trago de cerveza.

—Estaban el *gober* y el *preji.* —Descorchó la quinta caguama—. *Nojotro pajeamoj* al *turijta, ello* tienen lo que al *turijta* le gusta, ganan y *ganamoj.*

Abrieron la sexta caguama. Tomando como excusa la hora, la bebieron de seis sorbos. Una breve despedida y la cita para el fin de semana, ahora en su casa, mientras embarcaba.

El cayuco se movía más de lo normal. Lo bueno era que solo debía maniobrar siguiendo la corriente. Llegó al lugar donde acostumbraba esconder su cayuco y lo ató.

El paso, un poco vacilante, era rápido. No quería que la noche lo sorprendiera en el camino.

***

Las estrellas brillaban en lo alto. El jaguar se escuchaba a lo lejos. Los niños dormían, el mayor solo, las niñas juntas, los menores juntos, en sus hamacas cubiertos por un petate.

Abrazados en la hamaca matrimonial, que guindaba cerca de la puerta, a salvo de los piquetes del mosquito, el chaquiste o el tábano, mientras le acariciaba el rostro, los brazos y las piernas, le decía con voz queda:

—*Pareje* que, por fin, la *Ejperanza* dejará de serlo para ser una realidad. Dice tu hermano que el *gober* y el *preji hijieron* negocio, y *noj* ha de ir mejor. *Ej* tiempo de enseñar a lo *hijoj.*

Ella no podía ver su rostro, pero dentro de su cabeza lo miraba. Un brillo especial los rodeó. Ella pensó que era su imaginación. Él que era ella. Como siempre, para no despertar a los niños, en silencio se amaron.

Un nuevo sol saldría para la Esperanza.

¿DÓNDE ESTABAS?

NARRACIONES COTIDIANAS Y OTROS CUENTOS

NAHUÍ **OLLÍN**

EL LABERINTO

En un estado más fluvial que terrestre, en la selva tropical, junto al río Sabanilla, en su camino para unirse al río Puxcatán, se encuentra el poblado de Gran Poder. Poco más de cien familias lo habitan. Fueron llegando de a poco de diferentes partes; lo fundaron hará cosa de 150 años. Se rige por un Consejo de Ancianos, los cuales eligen al líder de pueblo. Al mismo tiempo, tiene el poder de removerlo cuando no esté cumpliendo con su primera obligación: el cuidado de todos los habitantes de pueblo, sus pertenencias y el desarrollo igualitario de la comunidad.

Esmeralda y Nicolás forman parte de una de esas familias. Ella tiene 18 años; él, 22. Sus ancestros fueron de los primeros en llegar. Uno de ellos formó parte del Consejo. La norma en el pueblo es que él se hará cargo de un tercio del solar familiar heredado a lo largo del tiempo; ella tendrá un tercio también y será decisión de ellos lo qué harán con su parte del solar, el tercio restante, por ley, deberán dedicarlo al cultivo de maíz y cacao para beneficio de la comunidad.

Esmeralda, a pesar de ser inflexible y toda honestidad, es dulce y caritativa con todos, lo que hacía que nadie deseara su mal y todos velaban por ella. Nicolás es todo lo contrario: hosco, malhumorado todo el tiempo, violento cuando explota, frío como el metal. Pero tiene la cualidad de saber mandar, y siempre es obedecido sin chistar. Además, es osado sin ser temerario, inteligente y, como buen líder, capaz de hacer decisiones de forma veloz siempre pensando en el bien de la colectividad. No le importa arriesgar su vida si es necesario por los miembros del grupo o por animales que son su sustento. Sin embargo, su debilidad es su familia, en especial sus padres que ya son ancianos.

En Gran Poder, todo parecía ir viento en popa…, pero las cosas pronto iban a cambiar y nadie podía prevenirlo.

***

Un pequeño cayuco o *juku*, hecho del tronco de un cedro conocido como *caracolillo*, y *bañado* por dentro de chapopote, se aproximaba al poblado, proveniente de río arriba. Contenía una caja casi podrida de orín, que cubrían unas mantas de algodón. Poco a poco, un gas inodoro que se expandía en el interior ejercía más presión sobre el metal, debilitando cada vez más su estructura.

No muy lejos, otra embarcación se encontraba anclada cerca de la orilla cubierta de manglar. Pescaban en ella dos niños y dos mujeres. Estas usaban redes que estaban atadas a los costados y los niños usaban cordel para tratar de atrapar algún pez lo suficiente curioso o hambriento para morder sus anzuelos. Más abajo, siguiendo el curso de la corriente, Nicolás tendía su red en busca de langostinos.

Los niños fueron los primeros en ver el cayuco que se aproximaba.

—Mami, mira, allá, un cayuco y parece vacío —dijo la mayor.

Ambas mujeres dejaron caer la red y voltearon en la dirección que señalaban los niños. Les pareció extraño que nadie navegara en la embarcación; se preguntaron a quién y de qué pueblo podría pertenecer.

Cuando el cayuco estuvo a la distancia de la palanca o remo, una de las mujeres lo acercó al suyo para ver qué contenía. Alcanzó a ver las mantas de algodón, unos huaraches, un sombrero de paja y un machete, pero nada le dio pista de su procedencia o posible dueño. Decidió amarrarlo a la proa para remolcarlo. Siguieron pescando hasta pasado el mediodía, momento en el cual recogieron las redes, tomaron ambas su palanca y mientras ellas impulsaban ambos cayucos y los maniobraban, los niños se encargaban de ver que la pesca no escapara por la borda.

Nicolás vio venir ambos cayucos. Sabía quiénes eran los que se aproximaban, sin embargo, le extrañó que fueran dos embarcaciones. De pronto, una de las palancas se escurrió de las manos de una de las mujeres, al tiempo que caía como

84

fulminada sin exclamar un grito. A los pocos momentos, la otra mujer cayó sin sentido y se escuchó el grito de miedo de los niños pidiendo auxilio, para después caer en un silencio total que duró algunos segundos antes de que una parvada de guacamayos atravesara de lado a lado el río para irse a posar en las ceibas cercanas.

Nicolás dejó sus redes y corrió al pequeño playón que se formaba cerca de donde estaba, entró al agua con la palanca de su cayuco y haló del primero que se aproximó a él.

***

En las profundidades del río Puxcatán, la diosa de los ríos y lagunas *Ix Balon,* arreglando su tocado usando la luna como espejo, está agitada. Sabe que *Huara Kan*, dios de la tempestad y el trueno está enojado con los humanos. La mayoría de ellos lo ha olvidado, y es un dios que no sabe perdonar sus omisiones.

—*Da'K'In* —llamó la diosa.

Una figura pegajosa y obscura apareció del fondo del río y tomó una figura humanoide.

—Mande, señora —respondió con voz de bajo *Da'K'In*, conocido entre los humanos como chapopote, que es parte esencial para la construcción de los cayucos.

—Es necesario que vayas y prevengas a los hombres de lo que planea *Huara Kan*. Sigue el río y encontrarás, cerca del poblado Gran Poder, dos cayucos. Uno de ellos lleva encerradas en una caja de metal la avaricia, el engaño y la mentira, mezcladas, pero en una proporción no conocida por los seres humanos aún. Cuando penetren en sus cuerpos, dormirán profundamente por diez días; al despertar serán dominados por estos sentimientos. Eso llevará a que se enfrenten padres a hijos, hermanos con hermanos; en fin, todos contra todos, y el resultado de esos enfrentamientos será la destrucción de la raza humana. No podemos permitirlo.

—Muy bien, mi señora, pero ¿a quién debo transmitir su mensaje? No creo haya uno que aún esté dispuesto escucharnos. Los humanos han dejado de ser parte de la naturaleza que los rodea, la destruyen cada día más y, para ser honesto, creo que esos males los gobiernan desde hace muchos siglos —contestó *Da'K'In* en tono nada alentador.

—En Gran Poder, buscarás a dos hermanos —respondió *Ix Balon*, al parecer sin haber escuchado a su emisario—, uno de ellos ha encontrado el cayuco en cuyo suelo se encuentran los males encerrados. La hermana debe estar lavando en el río, cerca de su solar. Te aparecerás a ellos mientras duermen, pero lo harás en dos formas diferentes. A él te le representarás en forma de cabeza de pez descarnado. A ella, en forma de cenzontle. Las sombras te acompañarán. Ellas también se aparecerán en los sueños y tanto tú como las sombras les indicarán que serán ellas las que los guíen llegado el momento para cumplir su misión. Anda, no tardes y cumple mi voluntad —dijo con calma, mientras daba sus instrucciones.

Da'K'In se inclinó ante la diosa y partió raudo a cumplir con su misión sin dejar de preguntarse cómo haría para convencer a los humanos de aceptar su sueño y, por lo tanto, su cometido.

***

Nicolás corrió a casa de Zafiro, la líder del pueblo, a darle la noticia de que sus hijos y hermanas estaban dormidos en un sueño del que no podía despertarlos. Al pasar junto a su hermana, que se encaminaba al río, la detuvo y le hizo señas para que lo siguiera sin perder tiempo. Después de recorrer unos centenares de metros en dirección opuesta al río, en un pequeño promontorio llegaron donde Zafiro estaba reunida con el Consejo, que se encontraba dentro del *Otot* o Casa del Consejo, un galerón construido con juncos y lodo y cubierto con hojas de *guano* o palma, material muy común en la zona.

La cosecha no había sido buena, ya que la creciente llegó en forma inesperada por las lluvias en las montañas que estaban al oeste del pueblo. Nicolás y Esmeralda entraron al *Otot* y sin perder tiempo explicaron lo que estaba pasando.

Zafiro salió detrás de ellos mientras el Consejo deliberaba qué hacer en esta situación desconocida para todos. Mientras se aproximaban al río vieron que otros habitantes estaban en el suelo en diversas posiciones, pero no solo los humanos, también había diversos animales, tanto de la selva como domesticados, que estaban esparcidos por todos lados, en un estado de sueño o trance que no presagiaba nada bueno.

—No pasemos más lejos —dijo Zafiro dirigiendo una mirada desconcertada a su alrededor.

—Esto no es normal y sea lo que sea puede afectarnos también, regresemos y hagamos que los que no han caído en ese sueño nos sigan —expresó con voz de mando, aunque un poco turbada por lo que miraba.

—Padrecitos, la cosa parece más grave de lo pensé al salir de aquí. Por todos lados hay cuerpos en el suelo, animales y hombres; creo que debemos abandonar el pueblo —explicó Zafiro al entrar.

—Si ese es tu parecer, no esperemos más y dirijámonos en busca de un lugar alto, tal vez la enfermedad está en el aire —contestó uno de los ancianos del Consejo.

Zafiro, Esmeralda y Nicolás salieron en busca de la gente.

—Yo voy a buscar a los padres —dijo Esmeralda y salió disparada rumbo al solar paterno. Al llegar vio a sus padres, uno sobre el otro sumidos en profundo sueño o trance. Decidió no acercase y dejarlos donde estaban y reunirse con el resto del pueblo.

—Ambos están… ¿dormidos? —expresó Esmeralda a Nicolás cuando los alcanzó.

No eran muchos los que no estaban contaminados. A lo más treinta entre mujeres, niños, hombres y ancianos. Zafiro miró a su alrededor y fijó la vista en Nicolás y Esmeralda.

—Nicolás, tú has descubierto este suceso tan extraño; vamos, dinos todo lo que sepas.

Nicolás explicó lo que había sucedido, mientras pensaba en sus padres y la suerte que les deparaba el sueño o trance en que habían caído. La voz de Zafiro lo sacó de su reflexión.

—Será necesario que vayas en busca de ayuda y veas si en otros lados sucede lo mismo.

Nicolás, estupefacto, negó con la cabeza.

—No quiero alejarme de mis padres, necesito encontrar la manera de despertarlos —dijo con voz firme.

—Eso es ser infantil, Nicolás. Así no ayudas a nadie —le contestó Zafiro—, pero te comprendo. Tienes tres noches para pensarlo. Cuando lleguemos al cerro El Madrigal, espero tu respuesta.

El tono no aceptaba réplica.

***

En la segunda de esas noches del período que le había otorgado Zafiro, Nicolás cayó preso de una intensa y súbita fiebre y tuvo la visión de un rostro descarnado que figuraba un pez que le anunciaba que, en cuanto llegaran al centro del laberinto, debía inmolar un pez con forma de lagarto utilizando el hacha en forma de rayo, pero tendría que esperar a que las sombras estuvieran a sus pies.

Nicolás, sin abrir los ojos, movía desaforado los brazos y las piernas, como tratando de defenderse de la visión sin poder hacer nada para lograrlo.

—Deben ir al castillo de Muyil —le decía el rostro, con tono cavernoso, mientras las sombras se abrazaban a él y hacían por moverlo—, pero, para lograrlo, es preciso llegar al centro del laberinto. No será fácil. El camino estará poblado de trampas mortales, pero las sombras los guiarán. Cuando lleguen al centro, si siguen las instrucciones, encontrarán el pasadizo que conduce a la sala principal. Ahí, deben encontrar las cerbatanas y los dardos de obsidiana invisibles; sigue las instrucciones que te dará tu hermana. Una vez que los tengan, deben llenar un bush con el agua que brota de la fuente donde *K'u'uk'ul Kaan* abre sus fauces. Una vez mojados los dardos en esa agua, regresen por donde vinieron y será preciso lanzarlas a la gente del pueblo y con el hacha destruir la caja. El efecto del mal quedara roto, si no para siempre, sí por muchos años.

Intenso sudor cruzaba el rostro y el cuerpo de Nicolás.

Por su parte, Esmeralda tuvo la visión de un cenzontle que le señalaba un montículo de arena sobre el cual debía de plantar su pie al momento que un líquido color carmesí se filtrara donde ella lo había posado. Unas sombras volaban junto al cenzontle que con sus 400 voces le indicaba lo que debía hacer, pero ella no podía determinar si las sombras eran animales o personas. Sin embargo, tanto el ave como las sombras no trataban de hacerle ningún mal, al contrario, le parecía que encontrarían el camino deseado con tan solo abrir los ojos, pero le pesaban tanto los párpados que se sentía presa de un encantamiento que le impedía moverse o despertar.

———

—Una vez ahí —le decía el cenzontle—, debes ir a ofrecer los pétalos de rosas cortados con un cuchillo de pedernal, que encontrarás en las fauces de *K'u'uk'ul Kaan* y las ofrecerás a las mariposas para que la cerbatana, dardos y el hacha sean visibles por un momento y tu hermano pueda tomarlos.

Ambos despertaron al oír un grito de una guacamaya enviada de *Ix Balon*.

Los hermanos se contaron su visión, interrumpiéndose uno al otro, casi sin respirar. A pesar de que ambos comprendieron la importancia del sueño de cada uno, Nicolás aún no se decidía a aceptar la misión, el abandonar a su suerte a los padres no le permitía ver la importancia de la empresa que se les había encomendado.

—Está bien, hermano, como quieras —dijo Esmeralda—, pero yo no me quedaré aquí a ver qué sucede. Diré a Zafiro que me pongo en camino después de hacer mi bulto de viaje.

Nicolás, ante el ímpetu de la hermana, tuvo que reconocer que esa era la decisión correcta.

—Tienes razón, hermana, vayamos juntos y que todo sea para bien —exclamó aún no muy convencido del todo, pero aceptando en el fondo que su hermana tenía razón; era deber de ambos emprender el camino y traer la cura al pueblo.

Se presentaron ante Zafiro y el Consejo, ya con su bulto de viaje y sin aportar muchos detalles sobre sus sueños, si a ellos aún les costaba aceptar la misión, dudaban mucho que el Consejo los comprendiera. Emprendieron el camino a través de la selva después de descender el cerro de El Madrigal, seguidos del canto de cenzontles, guacamayos y loros que apartaban a las fieras y animales ponzoñosos de su camino.

Tan solo una serpiente terciopelo conocida en la región como nauyaca o cuatro narices, de casi dos metros de longitud, los seguía a distancia con los ojos fijos en ellos, sin hacer caso de la grita de las aves. En su mente resonaban las órdenes de *Huara Kan*:

—Debes evitar a toda costa que los hermanos encuentren la cerbatana, los dardos y el hacha. La humanidad nos ha desafiado por mucho tiempo ya. La destrucción de las selvas, la contaminación de mares, ríos y lagunas, la polución de las ciudades y el campo. ¡El momento ha llegado de ponerles un hasta aquí! —había gritado el dios con toda su fuerza, mientras los cielos se cubrían de obscuras nubes, y el trueno y el relámpago iluminaban los cielos.

***

Encuclillados en torno a una fogata abandonada, seis sombras conversaban en un murmullo. Bailaban al ritmo que las flamas les imponían. Guardaron silencio por un minuto, como tratando de recordar lo que habían sido antes de ser lo que eran ahora y de su dependencia de la luz para existir.

Una dulce voz femenina comenzó a entonar una canción de amor y sacó a las sombras de su meditación.

—Silencio —dijo una de ellas—. Alguien se mueve cerca de la entrada del laberinto.

No lejos de ahí, el mar golpeaba constante las rocas del acantilado como pretendiendo derribarlo de un solo golpe. Por algún obscuro designio de la naturaleza, el agua era de multicolores tonos de verde transparente. Sobre el acantilado, se veía una pirámide con dos altas torres.

Desde la cima se observan las entradas y salidas de un foso que rodea al acantilado, como si el mar lo abrazase amoroso. En tierra firme, puede apreciarse, desde la cúspide, un laberinto en forma hexagonal. Su salida da frente a la puerta del foso. Sus entradas, a más de dos kilómetros del final, pueden apreciarse, al igual que el centro y su figura, que es de poco más o menos tres kilómetros de ancho, es tan intrincada, que inclusive desde esa altura, es imposible ver el camino que pueda llevar desde la entrada a la salida.

Sus creadores bien saben el secreto que guarda la pirámide y, por ello, crearon esa obra maestra y llena de arte para resguardarlo.

A la entrada del laberinto se hallaba la inscripción:

El problema no es entrar,
es encontrar la salida.
Todo se parece a la vida,
dime tú si aún deseas pasar.

———

Las sombras se giraron para escuchar mejor y reconocieron la voz de Esmeralda, hermana de Nicolás. Los habían estado siguiendo desde hacía tiempo, ya que tenían la esperanza de que ellos, por fin, fuesen capaces de romper el maleficio bajo el que se encontraban.

—Parece que van a entrar. ¿Cómo haremos para seguirlos si no hay luz dentro del laberinto? —preguntó una de las sombras a las demás.

—Tal vez si nos pegamos a sus pies podremos seguirlos —dijo otra. De pronto, una figura obscura se reunió a ellas y con voz perentoria les dijo:

—¡Sigan a esos dos! Ellos tienen una misión y ustedes les ayudarán. Si cumplen, entonces ustedes serán lo que piensan que algún día fueron, así lo manda nuestra señora *Ix Balon* —sentenció *Da'K'In*.

Las sombras trataron de manifestar su alegría, pero no tuvieron tiempo, *Da'K'In* había desaparecido.

***

Del lado que da la cara al mar, las paredes del laberinto conservan todavía algunas manchas de los colores que debieron tener en el momento de su realización. Se observan caracteres extraños que no han sido descifrados, ya que nadie sabe quién o quiénes los hicieron. Las figuras representan formas humanoides. En algunas de ellas se pueden distinguir intrincados tocados en ciertos personajes, lo que hace suponer que tenían cierta jerarquía. Otros, sin partes completas de su cuerpo, sostienen en sus manos algo así como ofrendas. En ciertas de ellas se pueden reconocer con facilidad las aves, peces, venados, conejos, tapires. En otras, es imposible siquiera imaginar qué son, pero simulan la yuxtaposición de humanos y animales.

Cada puerta de entrada mide poco más o menos 100 metros de alto por 40 de ancho, es lo único que no tiene adornos o figuras que se puedan ver, al menos, por fuera. Esmeralda y Nicolás, con las sombras *cosidas* a sus pies, entraron en el laberinto y, a medida que pasaban la inscripción, un miedo secular los invadía. Nicolás trataba de orientarse por el movimiento de las hojas que crecían en los muros interiores y bajo relieves del laberinto, mientras que Esmeralda lo seguía. Dentro del laberinto, los sonidos se amplificaban o desaparecían por completo. Conforme se adentraban en él, esos cambios poco a poco comenzaron a trastornar el sentido de orientación de los hermanos y, no solo eso, la incertidumbre, los silencios y los ruidos sin control comenzaron a pasar factura en el carácter de cada uno de ellos y no tardaron en surgir peleas entre ellos, que, al adentrarse más y más en el laberinto, comenzaron a ser más constantes.

—Te digo que es a la derecha; no seas necio, Nicolás —recriminaba Esmeralda a su hermano, el cual, enjarrados los brazos, gesticulaba señalando el camino de la izquierda como la única opción a seguir.

Los días se sucedían uno a uno y no sabían bien a bien dónde se encontraban, y las provisiones de agua y comida comenzaban a escasear. El sueño no era constante, ya que, dentro del laberinto, la temperatura subía o bajaba sin previo aviso, como los sonidos que surgían o desaparecían en un momento.

De pronto, frente a ellos, la nauyaca que les seguía desde hacía tiempo empezó a tomar una forma humanoide, pero cada uno de ellos la veía diferente. Para Nicolás era la figura de su madre. Para Esmeralda adoptó la figura del padre.

—Me has abandonado —decía la nauyaca a cada uno de ellos al mismo tiempo, pero cada uno solo escuchaba la voz de la figura que había adoptado—, ahora muero y no estás junto a mí. Es necesario que vengas, ¡me muero! ¡Auxilio, ven pronto a salvarme!

Los hermanos trataban de justificarse y pedían perdón a las imágenes que se formaban en sus mentes. Mientras tanto, las figuras se agigantaban frente a ellos, al tiempo que, sin darse cuenta, se acercaban más y más a lo que creían eran sus padres. De la boca de cada uno de ellos, unos colmillos desproporcionados comenzaban a surgir y un líquido pegajoso se deslizaba con lentitud por ellos. La nauyaca sabía que su mordida era mortal y estaba pronta a darla, ya que tenía bajo su control la mente de ambos hermanos.

Una de las sombras, haciendo un esfuerzo monumental, se proyectó entre la aparición y ambos hermanos; estos, al ver la imagen a través de la sombra, retrocedieron y cayeron sin sentido en el vacío que se abrió ante ellos mientras la nauyaca peleaba con las sombras que la embestían.

De súbito el grito de un zanate despertó a ambos. Sobresaltados, se buscaron con urgencia el uno al otro. Ninguno sabía cuánto tiempo había estado dormido. Se pusieron en pie y emprendieron el camino. Sabían que no podían perder más tiempo. Dos días después, supieron que estaban en el centro del laberinto, al ver un montículo de arena que se encontraba rodeado de rosales.

Se dirigieron ahí... Las sombras reflejadas contra los rosales algunas y otras, en el suelo, a los pies de ambos, se movían en forma delirante, aunque ninguno les prestaba atención.

—¡Tengan cuidado! —advertían las sombras a los hermanos.

Después se gritaban unas a las otras:

—¡Por fin seremos nosotros otra vez! ¡Ya siento de nuevo el calor del sol y los olores de las flores!

Esmeralda y Nicolás, en un único movimiento, hicieron lo que las apariciones de sus sueños les indicaron y, como levantados en un torbellino, el grupo entero fue engullido por la arena. Llegaron al fondo sin sentido.

Al despertar, estaban en una rivera que no podían identificar. A pesar de que no podían ver las cerbatanas, los dardos ni el hacha, Nicolás sentía el peso de ellos en su morral. Las sombras seguían como cosidas a sus pies. Esmeralda sentía vértigo, pero un poco de agua de río la reanimó y continuaron el camino rumbo a Gran Poder guiados por la fluidez del río.

—Es hacia allá —dijo Nicolás con voz firme.

Esmeralda lo siguió. No lejos de ahí, la nauyaca comenzaba a transformase una vez más, pero ahora tomaba la figura de un niño y una anciana. Su piel moteada tomó color del verde olivo opaco y fue a esperar a los hermanos un poco río arriba, mientras una tempestad comenzaba a desatarse sobre sus cabezas.

La lluvia arreció de tal modo que ninguno de ellos podía ver más allá de su nariz y no podían escucharse. En un momento dado se separaron en una ligera bifurcación que hizo el camino. Las sombras habían desaparecido por completo.

—Hola —dijo el niño a Esmeralda, que estaba debajo de una ceiba ancestral, evitando mirarla de frente. Su voz era aguda.

—Hola —contestó Esmeralda—, ¿de dónde vienes? ¿Estás perdido?

—No, soy de más allá —contestó moviendo la cabeza en una dirección ambigua—, mis hermanos y yo salimos a cazar y a pescar. Somos muy pobres y solo así podemos llevar algo de comer a casa. Mis padres son muy viejos ya y no pueden ayudar más.

La mirada ahora era fría y directa a los ojos.

—Creo que le gustarías a mi hermano mayor —dijo sin ningún preámbulo—, ¿te gustaría conocerlo? Está allá.

Señaló hacía la selva.

—¡Vamos, sígueme! Se ve que eres muy buena, ¡estoy seguro de que le gustarás mucho!

Suavemente y sin prisa, el niño se fue aproximando a ella para tomarla de la mano y llevarla hacía donde señalara que estaba su hermano. Esmeralda no se movía, no pensaba, estaba como hipnotizada por la voz y los ademanes del niño. Por el follaje de la selva no pasaba un rayo de luz y todo era silencio a su alrededor.

Nicolás llamaba a su hermana, pero esta no respondía. Siguió abriéndose paso a través de la selva tropical y tropezó con una anciana que se frotaba un pie con expresión de dolor

—Buenas, madrecita, ¿necesita ayuda? —preguntó Nicolás al aproximarse a la anciana. Esta lo miró de soslayo mientras continuó frotándose el pie; cuando lo tuvo a la distancia que esperaba, la anciana se transformó y un relámpago de color oliva pardo se proyectó contra el cuerpo del joven, que tomado por sorpresa aún continuaba acercándose.

Del suelo que pisaba Nicolás surgió una figura en forma de gota viscosa y color obscuro como la pez que se interpuso entre ambos, envolviendo a la nauyaca que, desesperada, trataba de escapar y morder al joven. *Da'K'In* le gritó:

—¡Usa el hacha y córtale la cabeza ahora!

Al escuchar la voz que salía del líquido viscoso, Nicolás sin pensarlo metió la mano en su morral, tomó el hacha y de un tajo cortó la cabeza de la serpiente.

Al mismo tiempo, el niño se esfumó de la vista de Esmeralda, que poco a poco salió del trance en que se encontraba.

—¡Esmeralda! —retumbó en la selva el grito de Nicolás, mientras *Da'K'In* desaparecía integrándose a la selva.

—¡Aquí! ¡Junto a la gran ceiba! —respondió Esmeralda.

Una vez reunidos, emprendieron el camino a casa lo más rápido que les permitían sus pies.

Al llegar a un recodo del río descubrieron un cayuco y su pala flotando cerca de la orilla. Lo abordaron y empujados por *Ix Balon* llegaron donde los dos cayucos estaban amarrados. Nicolás saltó al agua y con paso firme se dirigió rumbo a la caja emponzoñada y de un solo golpe la destruyó.

Fueron caminando y, conforme encontraban un enfermo, le lanzaban un dardo, lo que hacía que la gente se comportara como al despertar de un largo sueño. Poco a poco se aproximaron a Gran Poder. Una vez ahí, Esmeralda y Nicolás corrieron a casa de sus padres, los encontraron y dispararon un dardo a cada uno, pasado un tiempo les ayudaron a levantarse. Les acercaron unas sillas y agua para beber, mientras los abrazaban sin decir palabra, ante el azoro de los padres por su actitud.

Luego, ambos corrieron a avisar a los que estaban en El Madrigal las buenas noticias y que todos podían regresar al pueblo. En el camino, el bullicio de la selva tropical comenzó a alegrar los oídos de los hermanos y los que despertaban. Al aproximarse al río y los solares aledaños, continuaron lanzado dardos y vieron cómo los pobladores poco a poco salían del letargo en que habían caído y que no comprendían bien a bien lo que estaba pasando.

***

En el fondo del río Puxcatán, *Ix Balon* conversa con *Da'K'In* mientras su cabello hace que las aguas del río sean tranquilas.

—Todo ha salido bien esta vez. Gracias por tu ayuda. Ahora debemos recordar a los humanos que son uno con la tierra y todos los seres que la habitan. Esa es la nueva misión de las sombras. Que regresen como lo que eran, que les adviertan que deben retornar a ser uno con todos nosotros; que deben restaurar la armonía de todos los mundos que conviven en la tierra. Ve, libéralas y que cumplan su cometido, amigo mío.

Da'K'In se inclinó y con suavidad su cuerpo viscoso se integró al lecho del río para cumplir con su misión.

¿DÓNDE ESTABAS?

NARRACIONES COTIDIANAS Y OTROS CUENTOS

NAHUÍ **OLLÍN**

UN CUENTO
(LA CASA DESAPARECIDA)

Todo comenzó la noche en que Manuel decidió ir a visitar, sin avisar a nadie, a su amiga Margarita. Como sus nombres empiezan con la misma letra, sus amigos de la escuela y del barrio les llamaban los Eme-y-Eme, porque siempre andaban juntos para todas partes.

Manuel brincó desde la ventana de su habitación al jardín de su casa. Saltó la barda que divide su jardín con el de Margarita, Tita para su familia, y trepó por la enredadera que cubría la pared posterior de la casa hasta la ventana de su amiga.

¡Toc, toc!, llamó. Por supuesto, Margarita, que dormía, no hizo el más mínimo movimiento.

«Debí haberle avisado que vendría a esta hora», pensó Manuel mientras golpeaba la ventana un poco más fuerte, sujetándose a la enredadera y esperando no caer.

Después de varios intentos y de una que otra palabrota por estar a punto de caer, Margarita corrió la cortina y con cara soñolienta se asomó a la ventana. Al ver a su amigo, ahogó un gritito de terror y abrió.

—¿Qué haces aquí, loco? ¿No ves qué hora es? Por muy bien que le caigas a mis padres, si te ven a estas horas de la noche en mi ventana… no quiero ni pensar lo que te harían.

—Lo sé, pero lo que tengo que decirte no puede esperar hasta mañana. Tenemos que hacer algo o las cosas en este barrio no serán las mismas nunca —contestó Manuel esperando que con ese dejo de dramatismo su amiga olvidara a sus padres y lo que le harían. Él ya había pensado en las más de mil diferentes torturas que el padre y el hermano mayor de Tita le aplicarían si lo descubrían ahí.

Margarita se hizo el cabello para atrás, corrió la cortina y apareció de nuevo a los pocos segundos usando una bata de dormir para cubrir su pijama.

—A ver. Dime qué es tan importante.

A lo lejos, se escuchó el ulular de una sirena de policía.

—¡Es necesario acordonar el área, sargento Rifas! —gritó el capitán Granados.

—¡Sí, mi capitán! —contestó el sargento mientras hacía indicaciones con la mano a sus subalternos para que empezaran el acordonamiento del área, antes de que el lugar se llenara de periodistas y curiosos.

—¿Cómo es posible que una casa desaparezca así nada más, mi capitán? —preguntó el sargento Rifas mientras se rascaba la cabeza por debajo de la gorra y miraba el profundo hoyo que se abría a sus pies, para después alzar la vista a las dos casas vecinas—, y además que se los haya tragado la tierra con todo y habitantes, y las de junto no tengan ni un arañazo. Esto es cosa de miedo, mi capitán —terminó de comentar el sargento Rifas, mientras un escalofrío le recorría la espalda.

El capitán Granados, por su parte, observaba los alrededores y esperaba que de un momento a otro salieran los vecinos preguntándose qué pasaba, pero por el momento parecía que todos estaban dormidos o, al menos, escondidos detrás de las cortinas de sus casas preguntándose lo mismo que el panzón del sargento.

—Si esto le da miedo, sargento, debió buscar otra profesión —le contestó con un dejo de desprecio en la voz, aunque sabía que por fin tenía en sus manos un verdadero misterio por resolver y no esos con los que lo molestaban los habitantes de la ciudad, esos misterios de gatos o perros que se perdían y que aparecían dos o tres días después de haberse dedicado a perseguir ardillas por el bosque, si así se podía considerar ese lugar que no tenía más de tres barrios bien definidos, que estaba rodeado por un bosque, al oeste, este y norte, un río al sur, que diez kilómetros más adelante caía en picada en un desfiladero; y cuya estructura más alta era el campanario/reloj de la única iglesia en el centro de la ciudad, con una carretera que la atravesaba de norte a oeste y era la única manera de conectarse con la cabecera municipal, a más de doce horas de camino.

«¿Cómo vine a parar aquí?», era una de las preguntas usuales que se hacía el capitán Granados —y que siempre terminaba por deprimirlo un poco por algunas horas— mientras caminaba alrededor del hoyo dejado por la casa en busca de pistas.

No había nada que indicara qué podía haber causado el hundimiento de la casa. Ni las vecinas, a los lados, o detrás, mostraban huellas de daño.

Los vecinos comenzaban a salir de sus casas con caras de sueño que cambiaban en sorpresa y, seguro, pensó el capitán, con más preguntas que posibles respuestas.

En eso, llegaron los bomberos.

Sin poder dormir, la ingeniera civil Sofía Mortero pasaba los canales de la televisión sin ver. Escuchó a los lejos la sirena de los bomberos y se preguntó qué estaría sucediendo.

Apagó el televisor y encendió la radio con la esperanza de escuchar algún reporte inmediato de la estación local; no había canal local de televisión, así que los noticieros, telediarios, como le llamaban en su país de origen, eran producidos a varios kilómetros de distancia.

La única forma de estar enterados de lo que sucedía en «la ciudad», como la llamaban sus moradores, era por la estación radial.

«Claro que, como aquí nunca pasa nada, dudo mucho que haya alguien pendiente de lo que significa la sirena de los bomberos a esta hora. Tal vez solo sea un gato atrapado en un árbol», pensó con tristeza.

Había llegado a la población bajo un contrato para dirigir la construcción de un centro comercial y un hospital de «primera clase», ambos, le prometieron. A los seis meses de empezada la construcción del centro comercial, la recesión económica obligó a los inversionistas a suspender los trabajos con la promesa de que pronto habría plata para continuar, así que le pidieron que se quedara y que ellos cubrirían sus gastos.

Lo hicieron, pero solo seis meses, ahora estaba sin posibilidades de poder salir de ahí, aún le pedían que aguantara, terminó de maestra de álgebra en la secundaria y la preparatoria locales.

«Tantos años de estudio y de soportar a los compañeros de carrera para esto», solía pensar al terminar su última clase de los viernes en la secundaria, pero, como no tenía a dónde ir ni con quien vivir, no se decidía a marchar.

—Interrumpimos este programa para dar un boletín informativo de último minuto —dijo una voz en la radio—. Nos enlazamos en este momento con nuestro compañero Juan Godoy, que se encuentra en la calle Manzanas del barrio Arboledas, con un acontecer insólito. Adelante, Juan.

—Gracias, Gustavo. En efecto, señoras y señores, esto es algo nunca visto ni oído en nuestra ciudad. Hemos escuchado y reportado sobre desapariciones, pero esto va más allá de toda comprensión. Una casa, sí, como lo escuchan, una casa ha desaparecido por completo y lo único que queda de ella es un hoyo.

En ese momento, la ingeniera Mortero comenzó a vestirse a toda prisa, quería ver por sus propios ojos «la casa desaparecida».

—Las casas vecinas —continuó diciendo el reportero— al parecer no han sufrido ningún daño y ninguno de los vecinos con los que hemos hablado escucharon o sintieron algo. Hemos tratado de entrevistar a la policía y los bomberos, pero ambos guardan estricto silencio sobre la situación, y al parecer se encuentran igual que todos los aquí reunidos, sin la más remota idea de qué pudo haber ocurrido. Seguiremos informando, Gustavo, en cuanto tengamos más detalles.

—Estaremos pendientes, Juan. Ahora regresamos a nuestra programación normal… —Y la voz se perdió para a continuación escuchar un duelo de guitarras flamencas.

—La policía a esta hora, ¿qué estará pasando? —preguntó Tita— A ver, Manuelito, dime qué es lo que es tan importante, pues.

—Mira, Tita, no sé bien cómo explicarlo, pero el otro día, pedaleando mi bicicleta rumbo a casa después del partido de fútbol —al que, por cierto, no fuiste y metí uno de los mejores goles del campeonato—, me pareció ver algo raro en las nubes. Era casi de noche ya —¿cómo es que dice mi papá?, ¡ah, sí!, entre azul y buenas noches—, y no sé bien por qué miré al cielo, creo que no había luna y pensé que tal vez iba a llover, la verdad, no me acuerdo, pero lo que sí sé es que, al ver el cielo, vi las estrellas, pero al mismo tiempo algo así como una gelatina o de la consistencia de la gelatina que se movía cubriendo las estrellas para luego perderse de vista.

—¿Como gelatina? ¿Qué quieres decir «como gelatina»? ¿No será que te golpearon la cabeza muy fuerte de un balonazo? —comentó Tita, para luego llevarse las manos a la boca y preguntar en un susurro—, ¿estás usando drogas, Manuel?

—No seas loca, Tita. Tú sabes que esas cosas a mí no me interesan. Lo curioso del caso es que, a partir de entonces, no dejo de mirar al cielo y, hoy en la noche, antes de ir a dormir, lo he visto de nuevo, pero esta vez a la distancia. Allá por la iglesia. Quiero ir a investigar. Tengo amarrado mi telescopio a la bicicleta y me pregunté si quieres venir conmigo, así, tal vez si lo ves tú también, sepa que no estoy viendo visiones.

—Pero a esta hora, Manuel. Si se le ocurre a cualquier miembro de mi familia entrar a mi cuarto por cualquier razón y no me ven, la que se me arma. ¿No podemos esperar a mañana? Así puedo pedir permiso de salir al cine o algo y puedo llegar nochecita.

—Sí, tal vez tienes razón. Bueno, vuelve a la cama, ya te diré mañana en la escuela si encontré algo o no —dijo Manuel mientras comenzaba a descender por la enredadera y daba un salto para caer en cuclillas sobre el paso y salir corriendo rumbo a la barda que dividía los jardines.

Tita lo vio marcharse. Miró su reloj de cama y vio que eran las 11 de la noche. Quería ir, pero sabía el gran problema que tendría con sus padres si se escapaba así nada más. Ya lo había hecho una vez y no había sido divertido enfrentarlos al regreso.

En eso, su teléfono celular comenzó a vibrar. Era un texto de Manuel. «Pn l rdio». Encendió la radio y escuchó con atención.

—Una casa, sí, como lo escuchan, una casa ha desaparecido por completo y lo único que queda de ella es un hoyo. Las casas vecinas, al parecer no han sufrido ningún daño y ninguno de los vecinos con los que hemos hablado escucharon o sintieron algo. Hemos tratado de entrevistar a la policía y los bomberos, pero ambos guardan estricto silencio sobre la situación, y al parecer se encuentran igual que todos los aquí reunidos, sin la más remota idea de qué pudo haber ocurrido. Seguiremos informando, Gustavo, en cuanto tengamos más detalles.

—Estaremos pendientes, Juan. Ahora regresamos a nuestra programación normal…

—Cómo es usted, mi capitán —se quejaba el jefe de bomberos Antonio Aguado—, eso de llamarle a uno casi a la media noche y no dar más explicaciones que «¡véngase de volada!» no es justo —dijo al tiempo que sacaba de su gabardina la radio y pisaba la colilla del cigarrillo que tenía a medio consumir.

—No se queje tanto, jefe, y mire para allá —contestó el capitán Granados, un tanto en broma y un tanto impaciente porque los vecinos no dejaban de murmurar y el «chismoso ese» de la radio ya estaba hablando, y nada bueno se sacaría de eso.

«La única ventaja es que, a esta hora, dudo que haya quien lo escuche», pensó sin dejar de mirar en dirección de «la casa desaparecida».

Un silbido lo sacó de sus meditaciones. El jefe Aguado expresó de ese modo su admiración por lo que pasaba. Lo vio recorrer despacio el vacío dejado por la casa, apuntando su linterna aquí y allá, y le sorprendió que sacara una libreta de notas del bolsillo superior de la gabardina y tomara notas. No era usual en él hacer ese tipo de cosas, así que decidió acercarse.

—¿Qué pasó, jefe? ¿Nota algo en particular?

—Y supongo que ya se dio cuenta, capitán, pero no está de más hacer la observación… ¿ya vio que no hay ni rastro de la tubería, de los cables de luz, nada, en fin?

El capitán lo miró extrañado. Cuando él dio la vuelta por el hoyo, o lo que el sargento llamó hoyo, había cables y tubos que entraban en la tierra y salían de esta.

Caminó de prisa, se asomó al agujero su sorpresa fue mayúscula al ver que, en efecto, no había nada de nada. Tan solo tierra removida. Ni siquiera alguna huella del concreto utilizado para hacer los cimientos.

—Pero… pero… pero si había tubos y cables y esas cosas cuando llegamos. ¡Sargento!

El sargento Rifas llegó corriendo y resoplando y, cuadrándose, preguntó qué se ofrecía.

—A ver, sargento, dígame qué nota de raro en el hoyo este.

El sargento asomó su rostro mofletudo y se volvió pálido.

—Capitán, no hay nada. Le digo que esto es cosa de miedo. —Y mientras así hablaba se alejaba del hoyo sin quitarle los ojos de encima.

A sus espaldas, un alboroto comenzaba a suceder, lo que los distrajo para hacerles volver el rostro en esa dirección.

En la taberna La última y nos vamos, una de las tres que había en la ciudad, Tito Flavio, mejor conocido por todos como el Romano, festejaba su cumpleaños 25 en compañía de sus amigas y amigos.

—Venga, cantinero, una ronda más para la compaña, que yo invito —vociferaba el Romano mientras sus amistades reían a carcajadas de la última ocurrencia que Agustín «el Flaco» Gordillo había hecho la noche pasada mientras paseaba por la ciudad en busca de su perro perdido.

—Créanme. Nunca había visto algo así de extraño —decía el Flaco con tono de seriedad, a pesar de que sus amigos no le creían—, esa cosa era como gelatina. Era como ver las estrellas a través de gelatina.

—¿De cuál fumaste, flaquito? —le preguntó el Romano, al tiempo que le ponía una cerveza en la mano.

—No, Tito, estoy diciendo la verdad. Bien sabes que eso no es para mí. No tengo idea qué era, pero estoy seguro de haberlo visto —afirmaba el Flaco, mientras los demás lo miraban con incredulidad y, dos minutos después, ya el tema era otro.

A lo lejos, se escuchó la sirena de la policía.

—Con permiso, con permiso —se escuchaba la voz de la ingeniera Mortero en la distancia, al tiempo que el capitán Granados la recorría con la vista de arriba abajo. Sabía quién era la ingeniera, pero no habían cruzado más de dos palabras.

—¿Qué le trae por aquí, ingeniera? —preguntó en tono formal, al tiempo que extendía la mano derecha para saludar a la interpelada.

—Escuché lo de la casa desaparecida y vine a ver si podía ayudar en algo —contestó, algo incómoda por el examen al que era sujeta por el sargento, el jefe de bomberos y uno que otro vecino.

—Pues, como puede ver, de la casa que había allí no queda nada. Lo más extraño del caso es que cuando nosotros llegamos había cables y tubos y esas cosas, pero ahora no hay nada de nada y, para serle franco, ninguno de nosotros se explica qué pudo haber pasado o cómo —contestó el capitán al tiempo que señalaba el vacío dejado por la casa por encima de su hombro.

—¿Cómo es posible que una casa completa desaparezca así nada más y para colmo no deje huella alguna? —preguntó sin dirigirse a nadie en particular—. Al menos los cimientos, el drenaje, algo debería de haber.

Todos caminaron hacia el hoyo dejado por la casa. Lo recorrieron, pero ninguno se decidió por entrar en él.

—¡Mire ahí, capitán! —exclamó la ingeniera Mortero, mientras señalaba el centro del agujero—, parece como si en el centro hubiese otro hueco y que la tierra baja por ahí.

El sargento palideció y poco a poco se fue alejando de los demás. Miraba en todas direcciones preguntándose qué hacer, cuando una idea le iluminó el cerebro, evacuar a la gente y, de paso, a sí mismo.

—Mi capitán —exclamó—, voy a evacuar a los civiles. El capitán movió la mano en forma de asentimiento y aprobación mientras aguzaba la vista en la zona mencionada por la ingeniera.

—¡Vamos, todos de regreso a sus casas! ¡Aquí no hay nada que ver! —gritaba al tiempo que azuzaba a los mirones y los hacia retroceder, para ponerlos a salvo y de paso darse una perfecta excusa, a sus ojos y a los de los demás, por si pasaba algo y él no estaba en la línea de peligro.

De pronto, retumbó la tierra.

Manuel llegó jadeando al lugar de los hechos tras haber pedaleado por varias cuadras de la ciudad.

Al llegar, aventó su bicicleta debajo de unos arbustos, con la esperanza de encontrarla más tarde, y se trepó a un árbol para ver mejor. Al mismo tiempo, pudo comprobar que, si bien las voces le llegaban algo apagadas, podía escuchar las conversaciones mejor de lo que lo hubiese hecho a nivel de calle.

«Bueno, creo que no me he perdido nada interesante aún», se dijo mientras tomaba fotografías del lugar sin la bombilla automática de la cámara digital. «Me parece que lo mejor está por pasar aún. ¿Qué es eso?».

Manuel observó que en uno de los árboles cercanos al hueco había unas señas como de cortes o quemaduras del tronco y las ramas, y nadie parecía darse cuenta de ello, ya que estaban más ocupados viendo al piso que por sobre sus cabezas.

Sacó los binoculares, los ajusto y vio las marcas más definidas. Algunas eran manchas negras y otras, cortes en la corteza.

«¡Qué extraño!», se dijo. «Es como si en lugar de irse para abajo, se hubiese ido para arriba».

Mientras meditaba en eso, vio llegar un automóvil, estacionarse y de él salir una mujer enfundada en pantalones de mezclilla, una camiseta ajustada y botas mineras, que de inmediato se dirigió hacia el cordón policial seguida de la mirada y ligero murmullo de todos. «No sé quién es, pero es guapa», se sorprendió pensando Manuel.

—¡Mire ahí, capitán! —exclamó la ingeniera Mortero, mientras señalaba el centro del agujero—, parece como si en el centro hubiese otro hueco y que la tierra baja por ahí. Escuchó a lo lejos que decía la mujer, llamada ingeniera por el capitán de la policía, y al punto, dirigió los binoculares hacía el lugar que señalaba.

Era como si un remolino de tierra comenzara a formarse en el mismo centro del lugar que ocupara la casa y que ese remolino comenzara a tragarse la tierra girando sobre sí mismo. Al principio, el movimiento fue tenue, pero conforme pasaban los segundos, el movimiento comenzó a tomar velocidad.

De pronto, retumbó la tierra.

El Flaco, aburrido de no ser creído, salió de la taberna, subió a su auto, encendió la radio y escuchó al reportero que decía con voz frenética:

—Esto es algo increíble y si no lo estuviera viendo con mis propios ojos pensaría que me querían tomar el pelo. Gustavo, esto es asombroso. Después de un corto temblor o lo que se sintió como tal, en el espacio que ocupaba la casa desaparecida ha surgido, de la nada por decirlo así, una chimenea de ladrillo rojo. La tierra dio vueltas y vueltas sobre su eje, de pronto, ¡zas!, una chimenea emerge de las profundidades de la tierra.

—Pero ¿cómo es eso posible, Juan? ¿Qué hace la gente? ¿Dónde está la policía y los bomberos? ¿Qué puedes decirnos, Juan? Adelante.

—La gente ha corrido a ocultarse detrás de los autos y árboles que hay en la calle. Por su parte, la policía mantiene el cordón de seguridad alrededor. Hemos visto que ha llegado la ingeniera Mortero y ha estado hablando con el capitán Granados y el jefe Aguado, pero hasta este momento ninguno de ellos ha hecho declaración alguna. Vamos a tratar de acercarnos y hablar con alguno de ellos. En cuanto tengamos más información se la haremos saber a nuestro querido auditorio.

—Me parece fantástico, Juan. Seguimos en contacto.

El Flaco conducía su vehículo y se moría de ganas de ir a donde estaban ocurriendo los hechos, cuando vio a la distancia la torreta encendida de otro auto de la policía y decidió seguirlos. Diez minutos después llegaba al lugar de los hechos. Todo era caos y confusión.

La gente, sin acercarse mucho, comentaba la estructura de ladrillos rojos que salía de la tierra.

—Pero esa casa no tenía chimenea —dijo alguien a espaldas del Flaco. Este giró la cabeza y regresó la mirada hacia la chimenea. Alrededor de esta, vio cómo la policía, los bomberos y una mujer que no llevaba ningún tipo de uniforme se juntaban e intercambiaban opiniones. Paseó la mirada por los alrededores y vio cómo algunos de los árboles cercanos al vacío tenían rajaduras y manchas negras. Se preguntó qué serían o qué las pudo haber hecho. Las manchas parecían quemaduras y los cortes hechos con mucha precisión.

Se fue moviendo alrededor del hueco para acercarse y poder ver más claramente las marcas en los árboles. Para su mala fortuna, el cerco establecido por la policía no le permitía aproximarse demasiado.

Iba a levantar la vista cuando un grito estremecedor llamó su atención.

—¡Contra! —exclamó Manuel al casi caerse de la rama de la que estaba asido con una mano. «¿Qué diantre ha sido eso?», se preguntaba mientras miraba a su alrededor.

Una mujer con mano trémula señalaba hacia la chimenea, que para entonces dejaba ver su boca ennegrecida por el fuego, y de ella parecía que algo salía. Manuel enfocó los binoculares y no daba crédito a sus ojos. De la boca de la chimenea salía un cuerpo humanoide. Primero la cabeza junto a un brazo extendido, luego el tronco y después el resto. La figura estaba toda cubierta de hollín. No se distinguían bien las facciones del rostro y por lo holgado de la vestimenta, no se podía determinar si era un hombre o una mujer, a pesar de que, al parecer, llevaba el cabello largo, «pero en estos días, no se sabe», se dijo Manuel mientras un escalofrío le recorría la espalda.

El ser comenzó a sacudirse la ropa y el rostro, para a continuación pasear la mirada a su alrededor. El asombro de Manuel fue en aumento al ver la palidez de su rostro, en el que unos ojos demasiado grandes para ser normales se posaban en cada una de las personas que estaban rodeándole y al parecer, impidiéndoles hacer cualquier movimiento.

Manuel sacó su cámara digital del bolsillo trasero del pantalón con mucho sigilo. Quitó la función del *flash* automático y se dispuso a tomar la mayor cantidad de fotografías que le fuese posible. Sin hacer ruido enfocó su cámara y tomó dos fotos. Después hizo dos fotos más con acercamiento al rostro del ser que seguía sin moverse ni hablar a pesar de verse rodeado de personas y de las armas de los policías. Sin embargo, ninguno de ellos se movía. Parecía que todo se había detenido, como si el tiempo no transcurriera.

—Baja de ahí —escuchó Manuel que le decían. Sin embargo, ningún sonido había salido de los labios del ser. Más bien, lo escuchó dentro de su mente.

Manuel, asustado, trató de cubrirse tras el follaje del árbol. La voz, sin violencia pero firme, repitió la petición. «¿Cómo es posible que sepa que estoy aquí, si nadie me ha visto llegar o subir al árbol?», se preguntaba sin acertar con la respuesta. Por tercera vez, la voz resonó en su cerebro. De forma lenta comenzó a bajar, no sin antes meter la cámara en su bolsillo.

—De nada sirve que la guardes —dijo la voz en su mente—, ninguna de las fotografías que has tomado se ha registrado en la tarjeta. Al igual que ninguno de los presentes recordará nada de lo que está pasando, aunque en este momento todos están conscientes de mi presencia y de la tuya. Baja. No tienes nada que temer. Necesitamos tu ayuda, pero no podemos darnos a conocer a los demás. No es seguro, ni para ellos ni para nosotros.

Manuel llegó al piso y se aproximó al ser que le hablaba de manera directa a su mente. No estaba muy seguro de si era una buena o mala idea y de cuánta confianza debería de tener hacia el ser, pero si este podía comunicarse de forma telepática, tal vez también pudiera leerle sus pensamientos, y eso no era algo que le causara mucha gracia.

«Así que puedes comunicarte conmigo con telepatía. ¿Eso significa que también puedes leer mi pensamiento y el de todos los presentes?».

«Sí y no. Tenemos la habilidad de comunicarnos a través de nuestros pensamientos, pero al mismo tiempo no nos es posible leer la mente. Al menos, no nuestras mentes. Hemos desarrollado una habilidad especial que nos permite "cerrar" nuestros pensamientos; así podemos estar seguros de mantener nuestras ideas y cosas personales solo para nosotros. Esto lo transmitimos ya de manera genética, así que no sabría cómo enseñártelo, lo lamento».

«Eso significa que puedes leer nuestras mentes, pero no las de tu especie, ¿verdad?».

«En efecto. No es que me produzca mucha alegría tampoco. No es, ¿cómo decirlo?, divertido saber las ganas que, en este momento, el hombre aquel con el arma en la mano siente de disparar sobre mí».

«¿Pueden ellos oírte en sus mentes también?».

«No. Podemos dirigirnos en forma individual o grupal. Es otra forma de mantener lo que llamas privacidad».

«Pues en este momento lo que menos siento es eso, para ser exactos. No me atrevo a pensar en nada porque sé que lo sabrás… y, por cierto, ¿de dónde eres?, ¿de dónde vienes?, ¿qué haces aquí?».

«Muchas preguntas al mismo tiempo, y eso es lo que menos tenemos. Empezaré por la última pregunta que es lo que hace al caso. Venimos, supongo que te has dado cuenta ya, de otro planeta, que está dentro de esta misma galaxia, pero a varios millones "años luz", como ustedes aplican el término de medición; no me interrumpas, no importa cómo lo llamamos nosotros. Lo que importa es lo que hemos venido a hacer».

«¿Puedes dejar de leerme el pensamiento? En verdad, algo de privacidad en estos momentos no me haría daño», replicó molesto Manuel a quien el miedo y la curiosidad tenían los nervios de punta.

«Trataré, pero no puedo comprometerme a no hacerlo. Es algo que sucede y ya. Es como respirar. No te das cuenta de que respiras, hasta que dejas de hacerlo. Pero volvamos a lo que en verdad importa. Estamos aquí para tratar de impedir una catástrofe. Como habrás de imaginar, no son ustedes, ni somos nosotros los únicos seres vivos en esta o en otras galaxias. Hay millones de planetas habitados. Algunos por seres con mayor inteligencia, otros por seres de menor inteligencia y, por supuesto, otros en vías de desarrollo. Nosotros somos más avanzados que ustedes, pero no somos los más avanzados. Lo importante en este momento es que necesitamos unir fuerzas para lo que se avecina. No será fácil, pero debemos buscar la manera de que los seres de este planeta, todos los seres de este planeta, se unan a nosotros y otros para hacer un frente común a lo que se ha convertido en algo que parece, hasta el momento, indetenible. Debes encontrar la manera de convencer a los que lideran tu mundo de que, primero, venimos en paz, segundo, que es necesario que se unan entre sí y, tercero y más importante, que venimos en paz y que lo único que pretendemos es unirnos para enfrentar a esa fuerza que busca hacer de todos los seres vivos de nuestra galaxia lo que ustedes llaman esclavos, pero que es mucho peor que eso, en verdad. Pronto regresaré a buscarte, a ver qué progreso has hecho y darte ideas de qué más puedes hacer. Ahora debo partir, pero estaremos en contacto, solo tú sabrás de nosotros. Comprendo que la tarea es difícil, pero algo me dice que eres el indicado para llevar a cabo esta misión».

Un estremecimiento recorrió la espalda de Manuel. Como casi todos los seres humanos, al menos eso pensaba, siempre creyó que el universo estaba poblado por todo tipo de seres y de que la ciencia ficción no era tan ficticia como otros querían hacerlo creer. Al mismo tiempo, el saber que un peligro mayor amenazaba el mundo, su único mundo, hizo que se le erizara la piel.

«¿Alguien puede recordarme por qué hemos hecho contacto con esa cría de humano y no con alguien que detente poder suficiente para ayudarnos?», preguntó uno de los seres en la cabina de mando de la nave espacial.

«Eso es fácil de comprender, sobre todo si nos basamos en nuestra propia experiencia de hace algún tiempo. Los *Zorks* llegaron, hablaron con nuestros líderes, y casi nos exterminamos los unos a los otros por puro miedo a lo desconocido. Los líderes no comprenden siempre que la colaboración no significa el perder su liderazgo o poder. Pero el miedo les hace actuar en contra del sentido común».

«Es verdad, pero no veo cómo ese humano puede ayudarnos. No parece del todo desarrollado, como aquel que tiene esa cosa en sus manos y apunta a nuestro camarada», expresó el primero mientras apuntaba con un dedo largo y delgado la pantalla frente a él señalando al capitán Granados, quien, en efecto, apuntaba al corazón del extraterrestre.

«Sí. Tal vez tienes razón, pero si los líderes reaccionan como ese al vernos aparecer, entonces será como en nuestro planeta», comentó otro de los seres al momento que hacía aparecer una pantalla donde se podía apreciar diferentes armamentos y proyectiles que apuntaban en diferentes direcciones. «Y, tal vez, esas armas rudimentarias, en lugar de apuntar a los objetivos que tienen, cambien y nos apunten a nosotros. No sé bien cuánto daño pueden hacernos, pero no llegaríamos a ningún lado».

«Perfecto. Ahora es cuestión de saber qué opinan los *Zorks* y todos los demás que están involucrados en esto. No será fácil ponernos todos de acuerdo. Sobre todo, porque estos seres no están listos para enfrentar una realidad tan fuera de la suya como somos nosotros y todos los demás. He estado revisando sus archivos históricos y, a pesar de haber similitudes con nuestros pasados, su presente es tan igual a su pasado que solo se ve un avance en la tecnología, pero no en su sentido de responsabilidad para con sus semejantes. Aún no superan sus divisiones y en lugar de ser un solo y único planeta, siguen divididos en países, religiones, regiones, subregiones y todas esas cosas que lo único que hacen es acentuar sus diferencias. Aún se determinan por razas y colores de piel, como si eso fuera lo más trascendente en sus vidas. ¿Por qué nos molestamos en incluirlos? ¿No será un error el tratar con ellos y proteger un planeta que tal vez no aporte mucho?».

«Este planeta es estratégico para todos. Es un punto del que se puede brincar a otras galaxias. Es ruta de abastecimiento para el frente y la retaguardia. En otras palabras, es necesario contar con ellos y cambiar pronto su forma de ver las cosas y que se unan a nosotros en la defensa de esta y las otras galaxias. Tienen eso que llaman Naciones Unidas. Tal vez sirva de algo».

Todo se desvaneció de pronto. La imagen del ser se perdió como el resto de la casa, mientras todos seguían paralizados. Manuel vio como el ser subía a un lugar determinado en el cielo halado por un rayo luminoso y se perdía en la noche.

A su alrededor todos comenzaron a recuperar el movimiento, pero no había expresión en sus rostros, era como si no hubiera pasado nada. Por un momento, el capitán Granados parecía preguntarse el por qué tenía su arma desenfundada; pero sin tener conciencia plena de lo que hacía la guardó y siguió con la vista a la mujer que había llegado unos minutos antes y que se dirigía hacia el boquete que había en el suelo, donde estaba la casa.

—¡Muchacho, aléjate de ahí! —escuchó Manuel que alguien le decía. Se movió con parsimonia. Aún no creía lo que había pasado y lo que pasaba, y lo que más le atormentaba era pensar en lo que el ser le había dicho y pedido. «¿Cómo piensa que voy a hacer todo eso? Se nota que no tiene idea del poco valor que los adultos dan a nuestras palabras y acciones», pensaba Manuel mientras se dirigía hacia su bicicleta.

Comenzó a clarear el cielo anunciando la mañana.

Manuel supo que tendría que darse prisa por llegar a su casa antes de que descubrieran sus padres que no estaba. «Bueno, siempre puedo decir que salí a hacer ejercicio en la bicicleta, aunque dudo mucho que me lo crean..., pero siempre se empieza algún día, así que eso es lo que diré, es mi primer día de entrenamiento. Claro que, conociendo a mi padre, se asegurará que a partir de hoy y por lo menos un mes haga lo mismo cada mañana», se dijo mientras pedaleaba lo más rápido que podía.

¿DÓNDE ESTABAS?

NARRACIONES COTIDIANAS Y OTROS CUENTOS

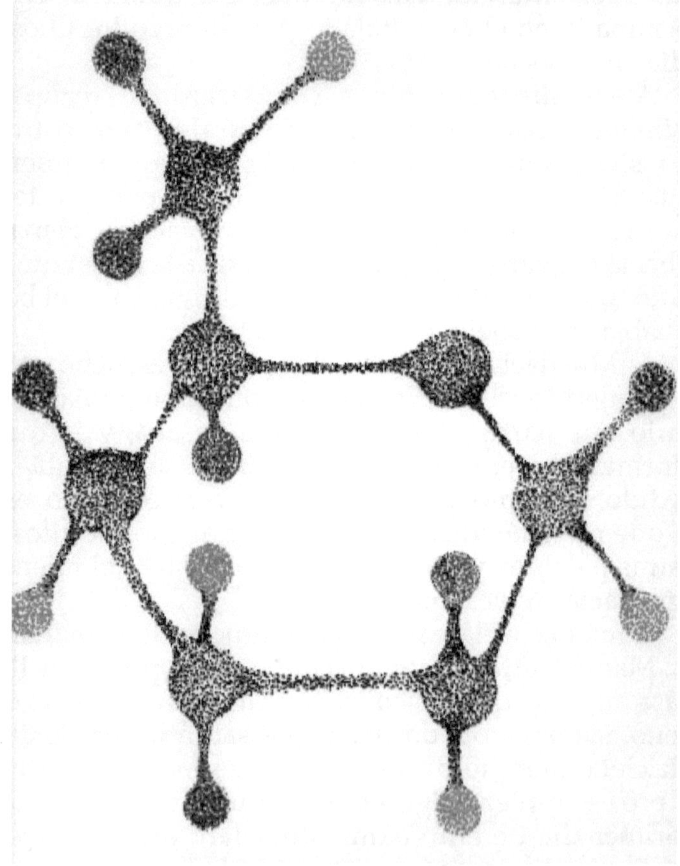

NAHUÍ **OLLÍN**

CLONES

Tiene más de 15 años que no sé de ti, no tengo idea de dónde puedas vivir ni cómo hacerte llegar lo que te escribo y, sin embargo, eres la única capaz de creer lo que te voy a contar.

Estoy sentado en una banca del parque viendo a los niños jugar. Sus caritas sonrientes me recuerdan la manera en que jugábamos. ¿Te acuerdas? Eran juegos inocentes y, sin embargo, ahora creo que siempre hubo malicia de nuestra parte. Cómo pasan los años, y lo más raro es cómo de pronto nos llegan recuerdos, sin ton ni son. No sé ni por qué te estoy escribiendo esto. Hace tantos años que no te veo. ¿Qué se ha hecho de tu vida? la mía vaya que ha cambiado.

¿Recuerdas cuándo jugábamos a escondernos? Siempre —¿por casualidad?— terminábamos uno cerca del otro. Me parecía natural entonces, pero con el correr del tiempo, más bien ejercías una especie de atracción, como de imán, y siempre estabas cerca. ¿Qué sucedió? Dicen que los caminos de la vida son extraños y vaya que me han llevado por ellos.

El paso de nuestra niñez a la pubertad es uno de los recuerdos más bellos que tengo. Aprender contigo el juego del amor. Ese tener y confesarnos esa atracción que sentíamos, sin prejuicios al estar solos, con miradas, gestos, roces.

¿Recuerdas ese día cuando jugábamos lotería en tu casa? Tus padres, tus hermanas y hermano, los míos, Felipe, Claudia, Juan, Carla, María, Marta, ¿quién más? ¡claro!, Luisito. Era tremendo el condenado. Siempre nos seguía. ¡Era más curioso que vieja de vecindad! Y mientras tu padre cantaba la lotería, parece que lo estoy viendo, alto como una torre, siempre con esos conjuntitos que parecía que andaba de traje, pero no lo eran, ¿cómo se llaman? En fin, con esa su voz ronca y sería, pero bien afinado cuando cantaba: «Ese que trae penas y alegrías a los corazones, mándame tus flechas / pero no más desdichas». Luego nos miraba, dándonos tiempo a pensar o adivinar que era. ¡Cómo le agradezco a tu padre esa manera de enseñarnos!, es increíble. «El cupido», decía al final de su inspección y rápido cantaba la siguiente carta. Tú estabas a su lado izquierdo, tratando de ver la carta que él iba a sacar para adelantarte a todos; no pondrías tu ficha así de inmediato, de tonta jamás tuviste un pelo. ¡Ah!, pero, «¿piensas que no te conozco, bacalao, aunque vengas disfrazado?»; pero él jamás te lo permitió. Yo, aunque pendiente del juego —sabes que siempre me ha gustado ganar, aunque soy un buen perdedor—, me sentía incómodo. No eran celos de tu padre, pero con gusto cambiaba de lugar con él, y me parecía que tú ni enterada de algunas miradas y palabras que dije para llamar tu atención, nada. Sentía ansiedad por saber, ¿ya no me querías? ¿Sí, pero como amigos? ¿Querías que te dejara de hablar? ¿Qué querías? Lo que fuera yo lo haría, estoy... casi seguro. Sí, lo sé, soy necio y aferrado, está bien, obstinado —¿lo pensaste?, a mí me pareció oírte corregirme—; tal vez no pasarían 24 horas y ya te estaría buscando de nuevo.

Después de terminar de jugar de lotería, tu mamá nos invitó a todos chocolate y mandó a tu hermano por pan dulce y me fui con él; tal vez me diría o me ayudaría a imaginar alguna causa de por qué estabas así.

Nos subimos a las bicicletas y apostamos a ver quién llegaba primero a la panadería que estaba a cinco calles, ¿la recuerdas? Don Lucio siempre en el mostrador, vigilante a que nadie le ganara con las gelatinas. ¡Ay!, ya no hacen gelatinas como esas, las de durazno eran tus favoritas. Nos recibió con una sonrisa, creo que se la había tatuado, no recuerdo una sola vez que no la trajera puesta. Llegamos tan parejos que, en la discusión, casi nos olvidamos del encargo de tu madre y casi nos peleamos a golpes, ja, ja, ja. Siempre tu hermano, antes de pelear, decía: «¿Para qué discutir si todo se puede arreglar a chingadazos?». Pero salió don Lucio, nos dijo que él sería el juez y el ganador recibiría una gelatina, el otro podría escoger un pan. Nos pareció buena idea, le platicamos y dijo que nos vio llegar, que era una lástima no tener cámara de fotografía como en las carreras de caballos, que en ellas se podía ver qué animal llegaba primero y por cuanto, y nos empezó a platicar algunas de sus experiencias en el hipódromo, la vez que gano mil pesos, allá, en los cuarenta, cuando mil pesos eran mil pesos, no como los de ahora, que no valían nada, y que a dónde iríamos a parar —¿cómo es posible que recuerde todo esto, cuando no recuerdo qué comí ayer?; en verdad el cerebro es un misterio—, y nosotros, entre aburridos y deseando saber quién ganó, pero ya sin rencor —¡bendita juventud que sabe perdonar pronto!—, y al apurarlo a decirnos el veredicto, nos hizo entrar, nos dijo que tomáramos lo que veníamos a buscar, mientras él pensaba, porque no era fácil, no quería equivocarse.

Agarramos, está bien; tomamos con las manos una charola y las pinzas y comenzamos a seleccionar conchas, chilindrinas, cuernos, corbatas, pambazos, panqués, cocoles, mantecados; éramos un mundo de gente en tu casa, la verdad. Al acercarnos al mostrador, don Lucio tenía dos bolsitas de papel junto a él, nos dijo que eran los premios, que los tomáramos; de manera muy astuta, ahora caigo en cuenta, no mencionó a ninguno de los dos primero, solo dijo: «Tómenlos, pero hasta que no estén afuera no los abran», con su sonrisa, que creo era maliciosa esa vez. Nos cobró, nos dio las buenas noches y salimos a ver el premio.

Abrimos las bolsas en cuanto pusimos los dos pies en la calle. Ambos recibimos una gelatina y una concha de chocolate. Nos reímos y volteamos a ver a don Lucio, entramos rápido a la tienda y a coro le dimos las gracias todavía riendo.

117

Tu hermano se comió su gelatina. Yo opté por la concha; la gelatina era para ti.

Pedaleamos de regreso sin prisa. Había llovido toda la tarde, así que, con las bolsas de pan, no valía la pena pedalear rápido y, además, nos esperaban para cenar.

Al llegar a tu casa, el chocolate estaba listo. Tú y tu mamá acomodaron el pan en las charolas y, mientras esto hacían, sin voltearnos a ver, tu mamá nos mandó a lavarnos las manos. Y cuando tu mamá ordenaba, todos obedecíamos; era la regla de la casa, no recuerdo a nadie que no la respetara. Bajamos y tomamos una taza y yo escogí un mantecado. Me moví entre todos, tratando de quedar cerca de ti y decirte que te tenía una sorpresa. Pero mientras más lo intentaba, más te alejabas, jamás te habías portado así, y mi cerebrito no daba para comprender el porqué. Solo recuerdo que pensé: «Las mujeres en verdad son todo un caso, ni ellas se entienden». Entonces me sentí ofendido. Me cansé de jugar a perseguirte, y convencí a los otros de salir a cascarear por un rato. Un partido de fútbol tranquilizaría mis nervios y, sobre todo, sacar toda esa cólera que sentía. Fui a casa por el balón, y guardé la gelatina en el *refri*; ya habría momento de dártela. Toda una semana estuviste así. Andando los años, entendí el porqué. Gracias a ti, ¡cuántas cosas tengo que agradecerte! Cuando veo a las mujeres que conozco con el humor muy cambiado y con regularidad mensual, tengo idea de qué esperar, claro que las reacciones son diferentes, pero nadie tan misteriosa e impredecible como tú.

Al entrar a la preparatoria, nos comenzamos a alejar.

Nuestros encuentros se volvieron esporádicos y sabíamos poco o nada el uno del otro.

Los atardeceres ahora me entristecen. Solía gozarlos, es impresionante lo diferente que es uno de otro. Ver esos tonos rosados tornándose en rojo, seguido tal vez de un negro total y un tanto estrellado. Producían alegría y al mismo tiempo que portaban lo incierto del siguiente día.

La noche era divertida. Salir con los amigos, buscar amigas, beber, cenar, bailar...

Todo eso ha cambiado. Ahora las noches son un misterio, algo en ella ya no es amigable.

Hace tres años, en una de esas noches de juerga, de regreso a casa, manejando más por *instrumentos*, que consciente, decidí orillarme, estacionar el auto y dormir. En ese momento, aunque piensas en la zona, lo más urgente es solo encontrar un lugar *adecuado* para dormir. Serían como las dos de la mañana y era un miércoles. Me estacioné, apagué el motor, subí las ventanillas dejando un ligero espacio para que «circulara el aire», recliné el asiento y me dormí. No sé cuánto tiempo pasó entre el quedarme dormido por completo y el escuchar unos sonidos extraños en la calle. Entreabrí los ojos, como si así pudiera escuchar mejor, y puse atención. Solo esperaba que no estuvieran robando las llantas del auto, o peor, todito él y conmigo arriba; esa tensión me espabiló un poco. Los sonidos se fueron alejando. Dejé de preocuparme y me dormí de nuevo.

Al despertar, alrededor de las seis, no podía creer lo que mis ojos veían. Las aceras estaban levantadas, como si fueran trincheras. Algunos autos estaban dispuestos de tal manera que tres de ellos cerraban la calle, aunque se podía circular.

No había nadie en la calle, no se escuchaba ni un ruido.

Arranqué el auto y comencé a circular. Nadie se asomaba, si es que había alguien. Pasé entre los autos y me di cuenta de que, cerrando esta calle, no permitía el acceso de frente dejando una gran salida por atrás, difícil de alcanzar si los que entraban daban la vuelta para seguirlos, ya que tenían que atravesar avenidas en diferentes sentidos al que necesitaban. Para cuando se dieran cuenta de por dónde saldrían, sería tarde para lo que sea que les esperaba.

Estaba nervioso y crudo. Decidí avanzar constante a 40 kilómetros por hora. Las manos me sudaban en el volante. Lo que más nervioso me tenía era el no oír más que el ruido del motor.

Salí a la primera avenida principal, que corre en dirección norte. Di la vuelta a la derecha. No había tránsito. Mi alma y yo solitos en una inmensidad de concreto.

Manejaba a la misma velocidad. Los edificios, algunos de ellos coloniales, estaban cerrados. Los comercios, con sus cortinas cerradas. Los puestos de periódicos igual. No había luces de neón brillando. No se escuchaba nada.

Esto fue así como por diez cuadras. No importaba si miraba a derecha o izquierda. En todas las calles era el mismo vacío. Las calles con sus casas alineadas de diferentes colores, algún árbol aquí y allá. Los arbotantes apagados. Los cables de luz, teléfono y del sistema de cable estaban quietos. No soplaba brisa alguna.

Llegue a la avenida que va al oeste. Esa me llevaría a casa. Doblé a la izquierda. Al tercer semáforo, las cosas comenzaron a animarse. Yo no salía de mi asombro. Comenzaba a ver gente, negocios que abrían, en otros barrían la entrada, algunos ya tenían clientes.

Era como salir del desierto y encontrarte en una jungla.

Aceleré para llegar a casa, bañarme y tratar de adivinar qué había pasado. ¿cómo era posible que no hubiera movimiento en por lo menos dos kilómetros cuadrados de ciudad, y en sus alrededores la vida continuar como si nada?

Una vez en casa, me decía que no era posible, que lo había soñado y que mientras manejaba a casa el sueño se me representó tan vívido que eso «vi». Me espanté. Pensé que esa alucinación era un síntoma de que algo no estaba muy bien en mi cabeza.

Decidí dejar de beber por un tiempo. Juré por seis meses.

El fin de semana siguiente, regresé por ahí. Tenía curiosidad por ver qué había a mediodía de sábado. Me repetía que la mejor cura de espanto era ir y convencerme de que todo estaba bien, una broma de mi imaginación y debía saber entenderla, sobrellevarla y adelante.

Decidí ir solo. Llegué a la zona que buscaba después de muchas vueltas. La vida era normal. Había gente en las calles, los negocios funcionaban con normalidad. El tránsito era algo lento, pero avanzaba constante. Comencé a buscar dónde estacionarme. Quería bajarme y comer algo. Tratar de adivinar si había sido mi imaginación o si algo pasaba por las noches, que *desactivaba* la vida esa zona hasta Dios sabía qué hora.

Quedé como a media avenida en perpendicular de aquella en la que había dormido algunos días atrás.

Apagué el motor, me bajé, cerré el auto, y giré la cabeza pensando en qué dirección sería mejor ir. Decidí que para donde soplara el viento. Había una ligera brisa que me llevaba a la izquierda, saqué un cigarrillo, lo encendí y me enfilé en esa dirección.

Crucé por en medio de la calle. Había tres autos estacionados en la acera de enfrente, dos rojos y uno azul entre ellos, que quedaba frente a mí. El edificio que estaba frente a él era como de los años cuarenta. tenía un arco por entrada, la reja de metal junto con una pesada puerta de madera estaba trabajada en formas diferentes. La reja estaba formada por chuzos en forma de lanzas y albardas alternadas.

La puerta tenía un complejo dibujo al centro, partido por su diámetro por las hojas de la puerta. Me acerqué a verlo. Eran cinco círculos concéntricos. El central semejaba una flor de seis pétalos en relieve, una margarita parecía. Los pétalos estaban conectados entre sí por una línea también en relieve.

Los restantes, en complejos triángulos en bajo relieve y unas líneas paralelas que realzaban el dibujo de rombos, estrellas, sierpes, en cada círculo que se formaba, como si se convirtieran en diez. Si lo mirabas mucho tiempo de forma fija, parecía girar. A la distancia, parecía un disco solar.

Caminé por la acera de ese edificio buscando un café o fonda donde poder comer y beber algo mientras aun daba vueltas en mi cabeza el diseño de la puerta.

A media calle estaba el café Le Parisien. El letrero estaba en la ventana tapando media vista del interior. Tenía el menú pegado a la ventana que hacía ángulo de noventa grados con la del nombre. Me decidí por un café y un *croissant*. Giré a la izquierda y atravesé la puerta que al entrar hizo sonar una campanilla.

La luz no era intensa en el interior, estaba como en penumbras, por lo tanto, me cegué por unos segundos. Al acostumbrarse mi vista al interior, vi a la mesera preguntando para cuántos quería yo una mesa. Levanté el índice sin decir palabra; dio media vuelta indicando con eso que la siguiera. Me llevó a un rincón cerca de la puerta de la cocina.

Era un tanto raro el diseño del restaurante. Al centro, tenía mesas rectangulares grandes, para al menos diez personas, como si fueran comunales. En los costados, apartados con o sin cortina, y al fondo mesas para dos o tres personas. La caja registradora quedaba detrás del recibidor. La barra, junto al pasillo del baño.

Levantó los hombros como resignado y regresó a la mesa. Ellas parecían hermanas o primas. Tal vez era el hombre el esposo de alguna de ellas y tal vez el padre de alguno de los pequeños, pero no podía verle el rostro bien. También podría ser un pariente o un amigo. Es curioso cómo el estar solo te lleva a preguntarte la vida de los demás. Usaban vestidos similares: algo entallados y con diseños complicados a flores entrelazadas. Ambas de cabello lacio obscuro, cejas rectas negras, ojos medianos que supuse serían cafés. Una de ellas llevaba el cabello recogido en cola, la otra lo usaba suelto a la altura de los hombros y con el fleco parejo a media frente. Los niños guardaban una formalidad extraña para su edad, pero parecían cómodos. El más pequeño examinaba la comida antes de llevarse un poco a la boca con una cucharita; pasaron sus buenos dos minutos antes de que lo hiciera por primera vez. El de en medio usaba saco y corbata con un nudo muy grande para su edad, que casi le cubría todo el cuello. Sus orejas eran un tanto puntiagudas y el peinado era a raya lateral, a la izquierda, engomado con brillantina que hacía lucir su cabello más obscuro. Una mirada ensoñadora enmarcaba su rostro. El mayor, también de saco y corbata, usaba el cabello igual, pero peinado a la derecha, lo que me hizo pensar que tal vez era zurdo. Tenía los labios gruesos y la quijada cuadrada. Parecía ser obstinado, pero la expresión de su boca, en ese momento al menos, mostraba cierta mansedumbre.

Al hombre solo le distinguía vagamente el rostro. Usaba lentes y bigotito recortado, como en los cuarenta, y el cabello casi al rape. Llevaba un saco que había visto mejores años, pero aún era *presentable*, a rayas delgadas color azul sobre fondo gris, con parches de color café en los codos.

De la pareja tan solo podía ver las piernas de él debajo de la mesa, y cómo mostraba a veces vida cambiándolas de posición.

Llegó la mesera con mi orden.

—Está caliente el plato, tenga cuidado —dijo en forma maquinal.

Asentí y esperé a que se fuera para girar el asa de la taza. Ya es costumbre, en un mundo de «derechos» los zurdos debemos aclimatarnos. ¿Recuerdas cuántas veces hice coraje por lo mismo? Ya no hago, ¿para qué?, tenías razón, una vez más, tenías razón.

Acomodé la taza y tomé el croissant con la derecha al tiempo que con la izquierda rozaba la superficie del plato para saber si necesitaba la servilleta para moverlo. ¡Cuál no fue mi sorpresa al sentirlo frío! La mano derecha se quedó a medio camino de mi boca y esta la tenía abierta, que si ha pasado una mosca…

Dejé el *croissant* en el plato. Lo toqué de nuevo y, en efecto, estaba a temperatura ambiente. Busqué a la mesera, pero no la vi y supuse que estaría en la cocina. El cantinero miraba la televisión.

Encogí los hombros y me dispuse a comer. Tanto daba si estaba caliente o no. Pero algo me decía que no era normal. Mordí el *croissant* y era muy insípido.

Le añadí sal y no mejoró gran cosa. Lo regresé al plato y probé el café. Igual de desabrido. Parecía té. Ahora entendía al pequeño y su inspección.

Apareció la mesera por la puerta de la cocina y, levantando la mano, llamé su atención, haciendo con ella el gesto de escribir, indicándole así que deseaba la cuenta. Se me quedó mirando largo tiempo, como si quisiera comprender la señal. Se acercó.

—La cuenta, por favor, señorita.

—¿La cuenta? —dijo mirándome extrañada.

—Sí señorita, por favor, la cuenta —dije mirándola a los ojos. Eran café obscuro y tenían una capa gris en el borde externo del ojo. Eso me sorprendió mucho. Parecían cataratas, pero no lo eran. Miré al niño de mediana edad. Por alguna razón sentí que él también tendría la misma capa o tira en sus ojos.

La mesera seguía mirándome. Le di las gracias. Y le pedí que envolviera el resto del *croissant* y un vaso de plástico para el café e insistí obre la cuenta... Asintió y fue a buscar lo que le pedí.

Regresó con unas servilletas, un vaso con tapa, un popote, pajilla, le decías tú, y una bolsa de papel. Envolvió todo de prisa y me dio las gracias por comer ahí. Arqueé las cejas, pero solo atiné a decir «gracias». Tomé la bolsa y me dirigí a la puerta.

Las familias no decían palabra, pero tampoco mostraban señas de querer irse. Pasé junto a la pareja. Estaban sentados frente a dos vasos con refresco de agua natural, mirando al frente, tomados de la mano. No se decían nada y no se movían. Una sensación de angustia comenzó a recorrerme el estómago y de ahí atravesó de arriba abajo mi columna vertebral hasta producirme un estremecimiento en el cerebro, como si lo enfriaran.

Salí a por aire fresco. Ya no sabía si era tan buena la idea después de todo. Crucé la puerta y aspiré hondo. Lo hice como diez veces consecutivas. Ya más tranquilo y autoconvenciéndome de que todo estaba bien, me di cuenta de que no había sonidos en la calle.

El silencio logró regresarme a ese estado de angustia que había sentido minutos antes. Mire en derredor. La calle estaba vacía. Comencé a recorrerla caminado a pesar del escalofrío que, constante, atravesaba mi espina dorsal. Tomé la calle de la izquierda. No sé cuánto tiempo deambulé por las calles, no me cruzaba con nadie y me daba cuenta de que las horas pasaban por el cambio de color en el cielo. Esperaba que el alumbrado público se encendiera pronto. Caminaba aprisa y la mirada atenta, las manos las llevaba dentro de las bolsas de la chamarra con los puños apretados. Un poco después, el alumbrado público comenzó a encenderse. Algunos edificios y casas encendían las luces también. Se veía el azul de la pantalla de la televisión encendida reflejado en algunas ventanas y techos. Una ligera brisa soplaba a mi izquierda. Los sonidos eran difíciles de escuchar. Avancé dos calles y di la vuelta a la derecha, caminé dos calles más en línea recta, y volví a doblar a la derecha rumbo al auto. En todas era lo mismo. Pensaba subir en el auto y estacionarlo del lado *vivo* según yo, cercano a esta especie de pueblo fantasma.

Llegué al auto sin cruzar con persona alguna, ni perros, ni gatos, ni insectos, eso era lo más asombroso.

Subí al auto y conduje a paso moderado mirando por las ventanas, los retrovisores, el parabrisas en todas direcciones, y en todas era el mismo panorama. Aceleré, necesitaba ver movimiento.

Llegué a la avenida y doblé a la izquierda, pensaba avanzar unas calles y estacionarme de nuevo y recorrer por la acera viva, mirando hacia esa parte tan rara de la ciudad. Al mirar a la izquierda, vi a la distancia dos camiones de transporte urbano, estacionados en paralelo en la avenida. El tránsito estaba cerrado a partir de ahí. Se me hizo muy extraño. Traté de alcanzar el carril de la derecha para poder dar vuelta y enfilarme a la avenida paralela, pero que es de circulación este, para regresar. Por fin alcancé la acera que quería y sin fijarme di la vuelta a la derecha en la primera calle que encontré. Me di cuenta de que circulaba en sentido contrario. Apagué las luces y me estacioné a media calle. Justo al terminar de hacerlo, unas luces se acercaron despacio. Bajé la ventanilla y apagué la radio. El sonido era una mezcla de motores y pasos. Sombras de cuerpos humanos comenzaron a moverse delante de las luces más rápido. Llegaron a la esquina. Los cuerpos venían vestidos de negro, y usaban una especie de máscara o algo así. Con sigilo se agruparon frente a un edificio en grupos de cuatro. El edificio era de cinco pisos y de dos departamentos al frente, pero había dos más en la parte de atrás, total, cuatro por piso.

Un escuadrón de cinco equipos de cuatro entró al edificio. No forzaron la puerta. Emplearon una especie de láser, rápido y silencioso. Supuse que cada equipo portaba un juguete de esos.

«Para ser ladrones, es mucho equipo para lo que van a encontrar aquí», pensé.

Todo lo miraba yo a través del espacio que hay entre el volante y el panel de instrumentos. Tratando de ni siquiera respirar para no hacer ruido, no tenía idea de lo que podía pasar si era descubierto. Me encomendé a la Virgen de Guadalupe, me persigné y seguí mirando.

Pasaron dos camiones y se estacionaron en la calle siguiente sin hacer más ruido del necesario. Un olor peculiar rodeaba la escena, pero era muy tenue para poder reconocerlo.

Comenzaron a salir los equipos que habían entrado, formando una valla desde la puerta del edificio, dando la vuelta hacia donde estaban estacionados los camiones.

Un auto dio la vuelta rumbo a donde yo me encontraba, y se estacionó a varios metros de distancia frente a mí. Las luces no me iluminaban y no había arbotante donde yo estaba estacionado, pero me hundí en el asiento. No levanté de nuevo la cabeza hasta escuchar que se cerraran las puertas del auto.

Subí el cristal de la ventanilla. Y trate de acurrucarme en el asiento, no quería que si daban un rondín me descubrieran. Sonaron dos puertas abrirse, y segundos después el cerrarse. Yo rogaba que fuera el chofer y su acompañante.

Comencé a reacomodarme en el asiento, pero ahora en el del pasajero. Desde ahí no podía ver si había chofer. El auto llevaba los cristales polarizados. Solo esperaba que no pudieran verme. En el tiempo que me llevó hacer mi maniobra, habían aparecido dos personajes diferentes. Vestían obscuro, pero el negro era diferente, más brillante, como si vistieran piel. Se paseaban en medio de la valla esperando algo. Apareció otro de los que habían entrado al edificio y se cuadró ante los dos personajes. Fue como una señal. Uno de ellos levantó un brazo, y aparecieron tres escuadrones de cuatro elementos que entraron rápido al edificio. Diez minutos después venían saliendo con la gente que vivía en ese edificio, pero las personas caminaban como... autómatas es la palabra. Si alguno parecía caer o doblarse, uno de los que los acompañaban lo enderezaba y le daba algo a oler, no sé si le hablaba al oído. Se movían dentro de la valla, doblando rumbo a los camiones.

Un temblor involuntario me sacudía los intestinos y los músculos de mi antebrazo derecho. No daba crédito a mis ojos.

Salieron los últimos hombres de negro. Y se perdieron al dar la vuelta a la esquina.

Los dos personajes, después de entrar y hacer, supongo, una inspección rápida del edificio, al salir levantaron ambos la mano, y los que formaban la valla comenzaron a hacerlo en dirección hacia el otro lado de la calle, a mi derecha. Mientras, se escuchaba a los camiones alejarse despacio.

Comenzó a desfilar frente a mí, de pronto, otro grupo de personas rumbo al edificio. Con el horror de lo que estaba viendo, casi no había puesto atención a los rostros de las personas que eran desalojadas, pero ahora me parecía ver réplicas de ellos, la misma ropa de dormir, a algunos de los niños les entregaban, al llegar a la puerta ciertos objetos pertinentes de su edad, muñecos de peluche, frazadas, juguetes.

Entraron los últimos vecinos.

Con el mismo silencio que llegaron, se replegaron rumbo a los camiones vacíos los hombres de negro. Los superiores supervisaron la maniobra y se enfilaron rumbo al auto. Bajó el chofer, abrió la portezuela, y yo me escondí de nueva cuenta.

Vi las luces brillar y escuché el auto pasar junto a mí, y decidí permanecer en esa posición unos minutos, y al cabo de ellos dar la vuelta en u y salir de ese lugar de pesadilla. Bajé a la mitad el cristal de la ventanilla. No se escuchaba nada. Me incorporé de nuevo. Paseé la mirada en derredor y no vi nada. Me acomodé detrás del volante, encendí el motor, y me moví los más rápido y silencioso que pude.

Entré de nuevo en la avenida; no había mucho tránsito, pero al parecer nadie se daba cuenta de lo que pasaba a su alrededor, solo tenían en mente llegar a donde quiera que fueran.

Me temblaba todo el cuerpo. Me dirigí a mi casa, lleno de preguntas y miedos. En ese momento me di cuenta de que nadie me creería y que estábamos a su mereced en cualquier momento.

Llegué a casa. Traté de dormir, pero la imagen me perseguía cada vez que abría los ojos. Le escribí a mi familia lo que había visto.

Salió el sol. Todo parecía normal. Pero ya no lo era. En alguna manera y por alguna razón, nos estaban cambiando, remplazando, y la palabra golpeó mi cerebro, ¡clones! En ese momento decidí salir a buscar a mi familia. Me llevaría doce horas manejando sin parar para verlos, Dios quisiera y estuvieran bien...

No pude llegar a tiempo a avisar a mi familia. El pueblo ya no lo es más.

Ahora voy de pueblo en pueblo. Algunos ya no son lo que eran. En otros está sucediendo.

Te busco en cada directorio telefónico que encuentro por tu nombre de soltera, ni siquiera supe si te casaste. Espero que estas líneas te lleguen algún día.

Debo encontrarte a como dé lugar.

***

sta carta la encontré entre las pertenencias de mi bisabuela, pero no iba dirigida a ella o a alguien de quien yo recordara el nombre. Decidí copiarla toda para las futuras generaciones como nosotros. Para que sepan qué pasó y, si pueden, que luchen por que seamos lo que alguna vez fuimos, seres humanos. Nunca supe quién escribió esas líneas, pero sí sé que a él le debemos el estar vivas las 200 familias que habitamos aquí. Ahora entiendo por qué vivimos como lo hacemos.

La pregunta que me atormenta es si habrá más como nosotros más allá de estas cavernas y de esa inmensidad de desierto. Tal vez estemos condenados a no salir jamás de aquí, ya que podría costar la supervivencia del grupo. Será necesario esperar, pero esperar ¿qué?, ¿que nos descubran? ¿hemos de permanecer por siempre entre las cavernas viendo el sol solo por momentos desde la entrada, y sentirlo muy rara vez?

Tal vez sea lo mejor. Aunque el saber que puede haber otros como yo más allá del desierto ha despertado una angustia en mí jamás sentida. El temor a lo desconocido es más fuerte, pero saber lo que fue y no saber lo que es en este momento no es lo más importante, lo que hace al caso es que el consejo sepa de la carta y que tomen la decisión correcta. O eso espero al menos…

¿DÓNDE ESTABAS?

NARRACIONES COTIDIANAS Y OTROS CUENTOS

NAHUÍ **OLLÍN**

CHEN (MANANTIAL)

De espacio, la luz comenzó a llenar el que ocupaba el manto oscuro de la noche.

Los sonidos del manantial, uno de tantos donde beben los animales de la selva, comenzaron a cambiar.

El chirriar de la chicharra empezó a escucharse cada vez más de vez en cuando. Era ahora el croar de las ranas y los sapos el que se oía con más intensidad.

En los árboles, las aves cantaban sus diferentes melodías, como saludando al día, acompañados del grito de los monos saraguatos que se escuchaba en varios kilómetros a la redonda.

Zot, el murciélago, comenzó su vuelo rumbo a la cueva en la que dormía.

La luz de los cocuyos o luciérnagas fue desapareciendo, al tiempo que se iban acomodando para dormir.

Un rumor se escuchó entre las matas que rodeaban el manantial y se hizo el silencio. Todos los animales que viven a su alrededor estaban atentos. Dos puntos amarillos brillaron entre las matas. *Balam*, el jaguar, venía a calmar su sed. Había cenado esa noche. No había peligro.

Muchos animales podrían acercarse, incluso pasar junto a él, pero este no les haría caso.

Aunque era un lugar seguro para los animales, si *Balam* estaba cerca, ninguno de ellos se sentía tranquilo. Sabían que respetaba la regla, pero también sabían que, cuando tenía hambre, era implacable.

Uo, el sapo, brincó fuera del agua buscando calentarse un poco con los rayos del sol que comenzaban a pasar a través del follaje de la ceiba, la caoba, los tintos y zapotes.

Se colocó sobre un lirio que flotaba cerca de la orilla. Desde ahí, veía nadar a los ajolotes, o renacuajos, siguiéndose, jugando a ser el más veloz, llegar al fondo y obtener el alimento más sabroso que se encuentra en él. Más cerca de la orilla, se hallaban los jóvenes, mostrando orgullosos sus patas y la cola, respirando el mismo aire que los adultos. *Uo* miró a su alrededor y, veloz, proyectó su lengua hacia una mosca que pasaba descuidada.

—¡Mmm! —dijo—. Qué rico desayuno.

Croó dos veces, y se dispuso a tomar una pequeña siesta, mientras su sangre se calentaba.

¡Toc, toc, toc! Sonaba constante cerca de donde *Uo* dormía. En un zapote, *Tok*, el pájaro carpintero, construía una nueva casa. Su fuerte pico, poco a poco comenzaba a abrir un hoyo en el árbol. Levantó la cabeza, miró en rededor y remontó el vuelo dejando ver su plumaje de colores azul, verde y rojo. Se posó sobre otro zapote, donde tenía abierto un pequeño agujero y se alimentó del comején que vive dentro del árbol.

Oteando de vez en cuando, moviendo las orejas en forma de radar, *Ceh*, el venado, pasta a algunos metros, mira con orgullo a las hembras que lo rodean, algunas ya con retoños, unas más en espera de ser fecundadas.

Un mono saraguato llama con poderoso brío a la lejanía, esperando que las hembras se impacten por la fuerza de su voz y así poder iniciar el cortejo que llevará a la prolongación de la especie a través de sus genes. Aferrado a la rama del aguacate en el que se encuentra, sigue con su cara las rachas de viento, buscando ese aroma en particular, y en esa dirección dar mayor fuerza a su reclamo.

En un claro cercano al manantial, uno de los más viejos de los antiguos cipreses —él decía llamarse *Yagaguichexiña*— veía con alegría cómo se posaban sobre sus ramas una parvada de loros que con gritería ensordecedora entraban y salían por las ramas, en una persecución frenética, sin ton ni son.

En el otro extremo del manantial, *Moyotl*, el mosquito, revoloteaba pegando al agua, posándose sobre ella, permaneciendo quieto mientras bebe. En la base de una *sincuya*, *Ya' axkach*, la mosca, deposita las larvas que continuarán su linaje, mientras no se descuiden y se conviertan en el alimento de otro. Mientras se encuentra encerrado en sus reflexiones, un zaramagullón revolotea mostrando su plumaje obscuro, con tonos rojizos y, como macho que es, las plumas en forma de moño sobre su cabeza.

Después de dar tres vueltas sobre el manantial, como si esperara llamar la atención de todos, se posó con suavidad en el agua. Su pico, largo y fuerte, curvado en la punta, escarba el fondo del manantial, buscando revolverlo y poder encontrar su alimento. *Moyotl*, el mosco, y sus amigos lo han seguido. Saben que ellos encontrarán también su alimento, y la muerte, si llegan a caer dentro del pico del ave.

Cierto día paseando por la selva, *Kayab*, la tortuga, se topó con *Uo*, el sapo, y se detuvo a escuchar su canto:

> Metido en la charca, cuál frágil escarcha,
> busco una seña que indique que escucha
> una muy ingrata que de amor me mata.
> Amiga, llámela, contarte una cuita
> para mover ese corazón de roca,
> platicarla quisiera, de mi alma que grita.
> Con un beso tuyo en la boca
> de felicidad mi alma rota
> seguro en mil pedazos explota.

Le pareció de lo más cómico el canto de *Uo*, muy grave y circunspecto, pero se abstuvo de manifestarlo; sabía de su mal carácter.

—Hola, *Uo*, ¿cómo está usted?

—*Kayab*, qué grata sorpresa el verlo por estos rumbos. Y llega usted que ni mandado a pedir, si me permite la expresión.

—Usted tan ocurrente como siempre. Dígame, ¿en qué puedo ayudarle?

—Pues, mire usted, resulta que ha llegado a la charca, allá al fondo del manantial, una familia nueva. Y en esa familia viene una de las maravillas más bellas que la naturaleza ha creado. Por supuesto, todos los machos la rondan, le cantan, se inflan y desinflan, que daría gusto verlos, si no fuera por esta pasión que siento por ella.

Al terminar de hablar, *Uo*, lanzó un fuerte suspiro que partía el corazón a *Kayab*, quien buscaba las mejores palabras para tratar de consolar a su amigo, que, a pesar de ser muy irascible, tenía un gran corazón.

—Pero bueno, *Uo*, usted bien sabe que es así la ley de la naturaleza. Solo los mejores, los más fuertes, los más inteligentes se llevan la palma. Usted no se puede quejar, si ha habido alguien en este lugar que haya tenido éxito con el sexo opuesto, es usted.

Uo sonrió melancólico y miró a su amigo agradecido.

—Sí, *Kayab*, tiene usted razón, pero esos eran otros tiempos. Era yo joven aún. Sé que «viejo el manantial y brota», pero usted sabe bien a lo que me refiero. Como bien dice, tengo experiencia y me conservo tan fuerte como cualquiera de los que la rondan. Pero ¿sabe usted algo?, a mí me da el presentimiento de que ella tiene su corazón entregado —dijo bajando su voz a casi un murmullo, como hablando consigo mismo.

—¡Hum! —manifestó *Kayab*, al tiempo que descansaba el vientre dentro del agua—. Lo comprendo, *Uo*. Pero no es solo eso lo que le preocupa, ¿verdad? Conociéndolo, me parece que ha entregado usted su corazón y está en la disyuntiva de esperar a confirmarlo o de entregar toda su pasión y luchar por ella.

—¡Ah, viejo amigo!, usted me conoce tal vez mejor que yo, me ha visto crecer. Ha soportado este carácter tan irascible que la naturaleza me dio, y me ha enseñado a tratar de controlarlo. Así es. Amo de nueva cuenta. Y, en efecto, esa es la disyuntiva que tiene mi camino.

Se miraron en silencio. *Uo* sabía el significado de ese silencio. *Kayab* buscaba las mejores palabras para expresar su pensamiento. No de forma necesaria sería un consejo para tomar una decisión. Podía ser una broma, una profecía, o un simple comentario sobre la frialdad del agua o de los huesos que se adquiría con los años. Pero sabía también que en sus palabras se encerraba la sabiduría que en muchos años había acumulado.

Mientras miraba de reojo a *Kayab* y a una mosca que, tentadora, se ponía a distancia, recordó el momento en que lo conoció y cómo lo sorprendió su gran caparazón en tonos verdes y cafés; la parsimonia de su voz y su paso; su nadar suave; pero, más que nada, su inmovilidad. Lo había visto pasar días enteros sin moverse, tan solo mostrando su cabeza. Cuando preguntó su edad a los mayores de la comunidad, los más viejos le dijeron que antes de que los más viejos que ellos nacieran, ya estaba en el manantial, joven y robusto.

Todos lo respetaban, y acudían a él en busca de consejo, ayuda o consuelo. Inclusive *Balam*.

Recordó la historia que se ha pasado de generación en generación. Cuentan que una vez, cuando *Kayab* era aún joven, el padre del abuelo de *Balam* tenía tanta hambre, al punto de casi llegar a comer hierbas, cuando al pensar que solo movía una piedra, *Kayab* sacó su cabeza. El jaguar le dijo en un rugido atronador:

—Que desdicha la tuya al haber asomado la cabeza, porque tengo mucha hambre, y tú la calmarás un poco.

Dicen que *Kayab* no se inmutó y sin apresurarse le contestó:

—Podrás tener mucha hambre, tus colmillos grandes y fuertes, tu zarpazo es mortal, pero no tienes lo que se necesita para comerme.

El felino se le quedó mirando, después soltó una tremenda carcajada en forma de rugido, paralizando a toda la selva, y al calmarse le dijo:

—Mira que eres valiente. Como bien dices, tengo todo para comerte, ¿qué me puede hacer falta?

—Inteligencia —le contestó *Kayab*.

Exasperado con la respuesta, le dio un fuerte zarpazo, mandándolo directo al manantial.

Una vez en el agua, asomó la cabeza diciéndole:

—¿Ves lo que te decía? Ahora jamás podrás capturarme. Que pases un buen día, y que calmes tu hambre en otro lado.

—Y, al finalizar, se sumergió en lo profundo del manantial, ahí donde ningún animal tiene acceso.

El gran gato rugió de coraje, se aventuró dos veces en el agua, pero al final comprendió que su esfuerzo era inútil, y que debía guardar las fuerzas que le quedaban para cazar pronto. Se alejó del manantial. Días después, se encontraron de nuevo. *Kayab*, al verlo, replegó sus patas, pero lo siguió atento con la mirada. El ancestro de *Balam*, al verlo, lo saludó con un seco «buenas tardes», y se echó frente a él.

—¿Sabes algo, amiguito? —le dijo—. Eres valiente, pero más que nada, inteligente. Tengo una pregunta que hacerte.

—Pregunta.

—¿Cómo es que siendo el más poderoso de la selva no pude comerte?

—Muy sencillo, eres en efecto el más fuerte de todos, tus abrazos desgarran, tus besos matan, tu rugido paraliza y espanta, eres rápido como el viento. En comparación, yo soy lento y débil, mi mordida, aunque fuerte, te produciría más risa que dolor. Pero la naturaleza nos equilibró. A ti te dio fortaleza, a mí sabiduría, uno de los dos tenía que triunfar. Tu fortaleza podía destruir mi caparazón; mi única esperanza era ir al manantial y, corriendo, como sabes, imposible. Tenía que pensar en algo pronto y, entonces, confíe en que si te ofendía tu golpe lejos de ti me arrojaría y, tal vez, podría salvarme. El resto ya lo sabes.

Los ojos del jaguar brillaron con furia y de un amarillo intenso que eclipsaba al sol.

Se rio en un rugido seco.

—Felicidades, eres astuto, en verdad; como dices, inteligente. Ve en paz, ninguno de mi estirpe ha de molestarte jamás. Se levantó y se fue.

Con el correr de los años, toda su familia consultó por lo menos una vez a *Kayab*. Cuando la noticia se corrió por los alrededores del manantial, al verlo pasar, todos murmuraban y día a día era consultado por todos.

Uo sonrió. Se había prometido a sí mismo, en su obstinación, jamás preguntarle nada. «Primero muerto», se había dicho muy convencido de su fuerza de voluntad.

Corrieron los años, y ya convertido en un joven macho, mientras croaba con gran fuerza, *Kayab* se le acercó. Se le quedó mirando, y con voz suave y dulce le dijo:

—Mantén más tiempo apretado el diafragma, busca que desde ahí salga ese canto de lamento amoroso que gritas. Ya me contarás los resultados.

Uo lo miró con su ojo grande, azul verde con puntos cafés, como diciendo: «Y a este loco, ¿qué le pasa?». Cuando iba a responderle que no necesitaba consejos que no había pedido, vio cómo, sin prisas, se alejaba.

Pasaron lo días. No había intentado lo que le habían recomendado, después de todo: ¡¿qué carajo podía saber una tortuga del croar de un sapo?!

Sin proponérselo, un día, contrajo más el diafragma, y su canto salió como del alma. Se espantó al escucharse producir ese sonido. Lo intentó de nuevo, y un silencio expectante se hizo a su alrededor. Croó dos veces más y, de pronto, se vio rodeado de figuras del sexo opuesto. Tras de ellas, los machos a brincos agigantados venían a ver qué era eso que parecía robarles la atención que se habían ganado con tanto esfuerzo.

Uo saltó a la charca, tras de él, cinco graciosas y jóvenes ranitas se fueron. Fue su primer triunfo. Después de ese, le seguirían muchos años de ellos.

Su prole era grande y robusta, pero ninguno podía igualar su canto, ese canto que parecía salir del alma. Y, desde entonces, le estuvo agradecido a *Kayab*, incluso a punto de confesarle su promesa, pero este la conocía, *Uo* no sabía cómo, pero después de su primer triunfo, se le acercó diciéndole:

—No es necesario que alguien pida un consejo para regalárselo, lo importante es que lo sepan aprovechar. Pasa un buen día.

Y con la misma parsimonia y calma que otras veces, lo vio alejarse.

Desde entonces, procuraba la compañía de *Kayab*. Seguía en sus trece, y no le consultaba, pero sabía que siempre le diría algo que le ayudase a solucionar su conflicto. Siempre había sido así, y no veía por qué habría de cambiar.

—¿Sabes algo, *Uo*? Tal vez, antes de que caiga la noche, sería bueno que te preguntaras si no es el deseo de ser amado lo que te hace pensar que amas —le dijo de pronto sobresaltándolo.

Kayab sabía que aquel no le preguntaría qué quería decir. Conocía, por medio de la deducción, la obstinada promesa que se había hecho.

De todos en el manantial, solo *Uo* no acudía a preguntar. Al principio le había chocado, también *Kayab* tenía su corazoncito y vanidad, pero, al regresar la vanidad a su lugar, le pareció interesante el comportamiento de *Uo* y decidió saber más de él.

Fue al oírlo croar que supo lo que tenía que hacer. Le regaló un secreto analizado a través de los años, después de haber escuchado generaciones de cantos diferentes.

Cuando se enteró de que lo había utilizado, le dio gusto. Le había dado dos regalos ahora y decidió hacerle algunos más a través de la vida.

—El deseo de ser amado haciéndome pensar que amo. «¡Ja, ja, ja! Ahora si dio el viejazo mi querido amigo», pensó

Uo, sin aparatar la vista de un escarabajo que acababa de posarse a tiro, miró a *Kayab*, afinó la puntería y de certero lengüetazo capturó al escarabajo.

—Veo con gusto que tus facultades no han mermado, *Uo*. Espero se mantengan así por mucho tiempo.

Al finalizar de decir esto, se deslizó dentro del agua.

—Piénsalo —le dijo y, una vez dentro, dio un giro suave y se perdió rumbo al fondo.

Uo deglutió al tiempo que escuchaba la palabra que daba fin a la conversación.

De un salto, emprendió el camino de regreso a la charca, allá, al final del dulce *Chen*. Mientras saltaba, la imagen de su dama se le representó en la memoria.

—El deseo de ser amado haciéndome pensar que amo. Es un brujo ese *Kayab*. Mira que ponerme a pensar en eso. ¿No será que debo de preguntarme mejor, ¿y una vez que consiga ser amado qué? ¿Qué va a pasar con mi amor? ¿Se enardecerá? ¿Se enfriará? ¿Sabrá ella mantener esa pasión que quema mis venas cada vez que la veo? ¿Sabré yo mantener con mi canto, que ahora sale más del alma, su amor por mí? ¡Ah, pícaro *Kayab*! El asunto no es nada más amar o lograr ser amado, ¿verdad?, el asunto es que los amantes mantengan, despierten, hagan renacer, como la aurora, el amor del otro, para por siempre desear ser amado y amar por siempre.

Llego a la charca. Escuchó el croar de los demás machos. Miró en rededor y encontró el lugar exacto para entonar su nuevo canto. La vio a la distancia. Se acomodó en donde rompían con suavidad las olas que se formaban en la superficie, y cantó su melodía de amor:

> Siento una atracción especial por una unión.
> Una atracción que me hará entregar el cuerpo, el alma
> y corazón como ha tiempo no lo hago.
> Que cada palabra brote de la pasión del corazón,
> con el contacto del cuerpo, el deseo que nada calma,
> y tu cuerpo sienta cómo lo halago.
> Que seamos uno en el universo por un momento.
> ¡Que seas solo mía, yo tuyo, maravilloso evento!
> Cuando te acerques a mí,

el que me dejes acercarme a ti,
despertar sensaciones nuevas en ti,
pero eso será hasta el día que
quieras entregarte a mí.

Glosario de palabras mayas y nahuas

Zot: Murciélago
Moyotl: Mosquito
Balam: Jaguar
Kayab: Tortuga
Uo: Sapo
Yagaguichexiña: Ciprés
Tok: Pájaro carpintero
Ya' axkach: Mosca
Ceh: Venado
Chen: Manantial

¿DÓNDE ESTABAS?

NARRACIONES COTIDIANAS Y OTROS CUENTOS

NAHUÍ **OLLÍN**

EL OBJETO

alía el sol de entre las lejanas montañas. Los pájaros cantaban saludando al nuevo día, mientras que los que habían pasado la noche en vela buscaban refugio para descansar. El chirriar de los insectos no dejaba de sonar por todas partes.

El río reflejaba los rayos solares que, a su vez, formaban miles de diminutos arco iris en las gotas de rocío de los árboles, pasto y flores a su alrededor. Trozos de árboles, lirios y ramas flotaban de trecho en trecho y despacio. Mezclado entre las hojas de los lirios, un objeto extraño hacía también el recorrido rumbo al mar.

¡Toc, toc, toc! Se escuchó retumbar la madera de un árbol en el medio de la selva.

Un pájaro carpintero iniciaba la construcción de su nueva casa. Un poco más allá, estaba cierto arbolito al que acostumbraba a ir para saciar su apetito.

—No es tarea fácil abrir un hoyo en la corteza de árbol utilizando solo el pico. Es necesario recargar energías de vez en cuando —solía decir cuando se tomaba un descanso para comer.

El eco de los golpes se extendió hasta perderse en el infinito. Al mismo tiempo, un saraguato se estiraba desperezando los miembros después de haber dormido toda la noche. Hizo un poco de calistenia en las mandíbulas, y aulló. Largo... como queriendo competir con el incesante toc, toc, toc que producía el trabajo del carpintero y el incesante chirriar de los insectos. Escuchó el eco de su grito mientras se rascaba la espalda. Se espulgó el brazo derecho y sin preocupación se metió en la boca lo que le producía la comezón. Miró en derredor y, mientas lo hacía, la imagen de un mango grande y jugoso acudió a su cerebro. Sin pensarlo más, se columpió de rama en rama rumbo al mangón que dominaba uno de los recodos del río. Al mismo tiempo, el carpintero interrumpió su trabajo y voló en busca de su árbol favorito para comer.

Desde la copa de un tinto, el saraguato contempló el reflejo del sol naciente en el río. Se cubrió los ojos y miró los tonos amarillos, rojos y anaranjados imponiéndose aprisa sobre el azul *buenas noches*. Miró en la otra dirección y vio el recodo y el playón que formaba, donde el mango se erguía orgulloso y frondoso. Apenas la copa comenzaba a recibir la luz solar, pero el amarillo de sus frutos brillaba tratando de imitar tanto los rayos que recibía como los colores del cielo de cada amanecer.

Sin prisa, pero con el sabor del mango casi en la boca, el saraguato se dirigió al árbol. Una vez en él, se remontó a la copa para observar el paisaje y disfrutar de algunos mangos maduros, otros verdes y, en fin, toda la gama en sabores que pudiera encontrar.

Terminó de salir el sol y bajó al río. Mientras se inclinaba para beber, le pareció de reojo ver que algo se movía entre las matas de lirio que flotaban río abajo.

Levantó la cabeza, pero no vio nada raro, así que se agachó de nuevo para beber. En el momento en que lo hacía, el resplandor de algo entre los lirios captó su atención y lo fue siguiendo con la mirada mientras bebía.

Muy despacio el objeto fue acercándose a la orilla, así que decidió aproximarse y tratar de sacarlo del agua. La curiosidad era más fuerte que la prudencia. Además de objetos raros, también flotaba alguno que otro lagarto hambriento, que de un tarascazo bien podía dejarle sin un brazo y además no podía darse el lujo de olvidar a *Balam*, el jaguar, así que aguzó todos los sentidos mientras tomaba pequeños sorbos, que interrumpía para observar a su alrededor. Fue entonces que vio eso que había llamado su atención. No tenía clara idea de lo que era, ya que venía entrelazado con el lirio que arrastraba la corriente, pero lo siguió atento con la mirada tratando de calcular qué rumbo podría tomar y, de ser posible, verlo más de cerca.

Veloz se dirigió al pie del mangón y afirmó en sus manos una rama que creyó que le serviría a su propósito, regresó a la vera del río y se estiró todo lo que pudo. El objeto era pesado y el lirio no ayudaba mucho tampoco, complicando más la tarea. Por fin, poco a poco, pudo tenerlo a la distancia de su mano. Le sorprendió descubrir que eran varios los objetos que no había visto antes y que rodeaban eso que había despertado su curiosidad y, lo que era más arriesgado, el no estar atento a los peligros de la selva, pero ya no se detuvo. Arrimó con un último esfuerzo el objeto a la orilla y al mirar el objeto se quedó paralizado por el asombro. Y mientras trataba de recobrar el aliento, otra sorpresa se movía a su alrededor. Escuchó cuando crujió una rama y un segundo después, se encontraba debajo de las fauces abiertas de *Balam*, que lucía una hermosa, blanca, afilada y mortal dentadura.

—Un buen bocado para comenzar el día —rugió el jaguar.

—¡Espera! —aulló el saraguato—. Mira lo que hay entre los lirios. No presagia nada bueno, ni para el terrible *Balam* —decía con prisa, mientras pensaba qué más decir para convencer al felino.

—Sí, cómo no. Y tú te quedarás quietecito en lo que voy y vengo —contestó al tiempo que algo parecido a una sonrisa se movía en sus fauces.

—Eso haré —respondió el saraguato—, de aquí no me muevo, es más, te acompaño, iré delante de ti —dijo mientras clavaba la mirada en su captor.

El gran felino no creía lo que escuchaba. Levantó la vista y observó que su *desayuno* no tenía posible escapatoria, y se dijo que el satisfacer primero su curiosidad no mermaría en nada el satisfacer su apetito.

—¡Ve delante y cuidado con tratar de escapar! —dijo mientras retiraba sus garras del pecho del saraguato.

Este se incorporó y avanzó despacio. De eso dependía su vida, y de que *Balam* se convenciera de lo que le decía.

Llegaron a la orilla, y se apartó un poco para que el felino pudiera ver.

Balam rugió con todas sus fuerzas, al tiempo que daba un brinco espectacular. Y el saraguato, al cerrar los ojos, sintió que la sangre se le helaba en las venas. Se sorprendió al darse cuenta de que seguía vivo y poco a poco abrió los ojos. En el hocico del felino colgaba algo y al salir del agua lo depositó en la arena. Al enfocar la mirada se dio cuenta de que era un cachorro de humano.

Sin darse cuenta de lo que hacía, el saraguato tomó al cachorro de un brazo y de dos saltos se encaramó en el árbol más cercano ante la mirada asombrada de *Balam*, que reaccionó muy tarde a la sorpresa. Su rugido anonadó a la selva. Todos los animales guardaron silencio.

La voz del jaguar tronó como un relámpago al amenazar al saraguato:

—¡Baja de ahí ahora mismo y te perdonaré lo que has hecho! Pero debes bajar ¡ahora mismo!

—No estoy loco, *Balam* —contestó el saraguato mientras pensaba: «O tal vez sí. ¿Acaso estoy loco? ¿Cómo se me ocurre arrancarle de la boca a un jaguar la cena? Además, está muerto o casi».

»Aquí me quedo. ¿Cómo decirte?, es más seguro y la vista es sensacional —argumentaba el saraguato mientras daba un salto espectacular desde el macuilís en el que se trepó al mango que ofrecía un refugio más seguro, a pesar de estar a partir de ahí más aislado de los demás árboles. Pero había comida en abundancia y, a pesar de la paciencia de *Balam*, el saraguato confiaba en que tarde que temprano tendría que irse en busca de comida.

Así lo comprendió por la desesperación con que el felino saltó y rugió por espacio de dos horas.

—¡No podrás esconderte! ¡Te encontraré de nuevo y junto a ti a él! ¡Entonces pagarás esto que has hecho! —rugió antes de perderse en la selva que a su paso guardaba el más profundo de los silencios.

«En verdad estoy loco. ¿Ahora cómo les explico lo que hice a los demás? Ese gato sabe dónde encontrarnos y regresar es exponerlos a...». Tragó saliva sin atreverse a terminar sus propios pensamientos. De pronto el cachorro humano gritó con toda la fuerza de sus pulmones y con ello despertó la selva en general. A su grito se unieron los de los guacamayos, loros y pericos. El carpintero golpeó con más fuerza su pico contra la corteza del árbol desde el que había presenciado la escena entre el depredador y su presa.

El saraguato unió su grito al de los demás, lleno de orgullo por su valentía, lleno de melancolía porque tenía que alejarse de su grupo, de su familia y lleno de confusión al darse cuenta de que su nueva familia era un humano. Bajó del mango con precaución, en busca de otros árboles donde guarecerse y alejarse, sobre todo, alejarse de esa zona que no era muy saludable en esos momentos para ninguno de los dos. Desde la cima de un árbol de caoba miró hacia el horizonte. Decidió ir río arriba. De allá venía el cachorro de humano. Su meta era devolverlo a los de su especie y regresar a la jungla que era su hogar.

«En verdad estoy loco», se dijo al emprender el camino rumbo a lo desconocido, sintiendo a cada paso la mirada amarilla y fría de *Balam*.

¿DÓNDE ESTABAS?

NARRACIONES COTIDIANAS Y OTROS CUENTOS

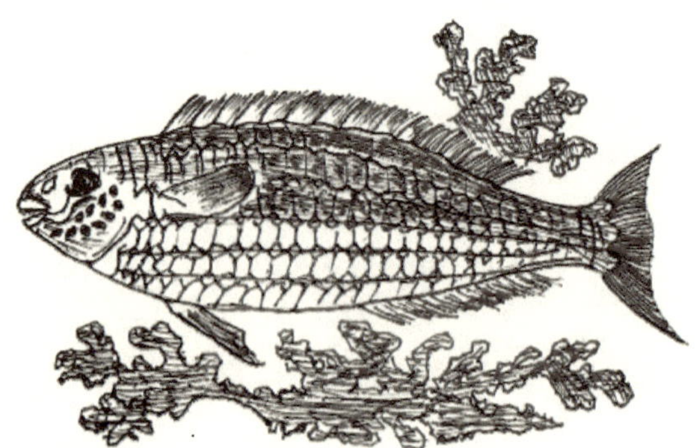

NAHUÍ **OLLÍN**

MI AVENTURA DE VERANO O EL PEZ QUE QUERÍA SER DELFÍN

Es el tercer día de regreso a clases después de las vacaciones de verano. Este año, entré al cuarto de primaria. La maestra nos ha pedido, de tarea, que contemos a la clase lo más importante que recordamos de esos dos meses fuera de la escuela. Estoy nervioso porque, ¡nadie va a creer mi historia, pero es verdad! Bueno, a veces, también dudo que haya pasado, pero sé que es verdad. Antes de contarla frente a todos mis compañeros, quiero contárselo a ustedes. Tal vez me crean, tal vez no. Lo único que sé es que en realidad me pasó todo lo que van a escuchar.

Mis padres nos llevaron de vacaciones a un lugar que se llama Valladolid, que está en el estado mexicano de Yucatán. Íbamos a ver las ruinas de *Ek Balam*, que significa «estrella jaguar», pero antes de llegar nos detuvimos en el cenote conocido como *Hubiku* o «nido de iguanas».

Una vez que llegamos, lo primero que hice fue quitarme la camiseta, ponerme los huaraches y correr rumbo al cenote. Es como un pequeño lago, rodeado de roca y selva. El agua es de varios tonos de verde y azul, los adultos le llaman azul turquesa, pero a mí me gusta más llamarlo verde-azul. Hay una pequeña plataforma de madera para tomar el sol o tirarse un clavado. El agua es fresca y me encanta sumergirme en ella. En una de esas zambullidas, vi una pequeña cueva y decidí explorarla; de pronto, cuando me acercaba, una fuerte corriente me atrapó y comenzó a llevarme hacia dentro. Mis pulmones me dolían por la falta de aire. Las paredes parecían acercarse a mí y yo sentía que me ahogaba, y algo me dijo que dejará de luchar: ¡dejarme llevar nada más! Sentí que podía respirar ¡¿bajo el agua?! Mis ojos ya no veían solo de frente, podía ver las cosas a mis lados y de pronto descubrí que tenía cola, aletas y branquias, al verme reflejado en una botella de cristal que estaba en el fondo. Tenía mucho miedo, pero me sentía más curioso que otra cosa… Por algún motivo, supe que estaba en el mar, pero no cómo había llegado ahí. Todo era diferente, incluso mi vida no era la que recordaba.

***

Nos encontramos en el arrecife caribeño, es nuestro hogar y le llamamos *Chaway*. El agua es tibia y bajo la superficie hay gran iluminación; no falta donde vivir y en caso de emergencia, buscar un lugar para esconderse. Las criaturas más jóvenes aprenden rápido este juego, del que depende sobrevivir. Es la ley de la vida y lo sabemos desde que nacemos.

Hay comida en abundancia y eso también puede ser un problema, ya que, al menor descuido, uno se puede convertir en la comida de un pez más grande, pero eso no va a pasar hoy, je, je, je.

Me llamo *T'uut' kay*, pero los humanos me llaman pez loro, aunque no sé por qué. No he tenido tiempo de preguntarles, y no creo que ellos me comprendan ¡Hay tantas cosas que no comprenden! Tal vez algún día lo hagan y entre todos, los animales de tierra, aire y mar volvamos a vivir en armonía con la Naturaleza que nos ha dado todo.

Cuando despierto, lo primero es buscar algo de comer, salgo a por un poco de algas rojas que son mis favoritas y además crecen cerca de nuestro refugio, así que no tengo que exponerme mucho al peligro. Pero después de comer, me gusta ir a las algas verdes y pardas que crecen en el límite de *Chaway* y junto con mis amigos lo pasamos de lo mejor (además, también podemos comer allá, porque las algas verdes y pardas son deliciosas). Los días transcurren tranquilos, sin más sobresaltos que los usuales; un depredador por aquí, otro por allá, así que tenemos que hacer una graciosa huida y escondernos en un lugar seguro. Mi favorito es entre dos corales de color rojo intenso y una piedra afilada, claro que debo tener cuidado con ella, o puede cortarme y eso, como todos saben, es muy peligroso donde vivimos.

148

Una vez que ha pasado el peligro, salimos de nuestro escondite y continuamos con lo que estábamos haciendo, ya sea buscar comida, o ¡seguir divirtiéndonos!

***

Es hora de presentarles a mis amigos: *Can cay*, la anguila; no se puede tener mejor amiga, inteligente, divertida, superconfiable. Es maravilloso verla nadar y como se esconde en cualquier espacio que encuentra. Delgada, de color marrón, tiene una mirada muy intensa; a veces me da miedo, porque es muy seria. *Itzá*, la estrella de mar, de color rojo con lunares azules, prefiere estar en el fondo del arrecife, porque es ahí donde encuentra su comida todo el tiempo.

¡Le encanta bailar! Cada uno de sus cinco brazos se mueven en armonía cuando lo hace, le gustan las bromas, pero no le gusta que le hagan muchas a ella; creo que todos somos así, je, je, je. *Xook jaat*, la mantarraya amarilla. A ella le gusta estar un poco más allá de las algas, pero también viene a saludarnos entre los corales y deja que *Itzá* se suba a su espalda para poder venir a jugar con nosotros. *Maax cay*, el pulpo. Es muy inteligente, cada uno de sus tentáculos es como un cerebro que piensa de manera independiente y, cuando quiere huir rápido o jugarnos una broma, suelta su tinta obscura que no nos deja ver a dónde se fue, o peor aún, a dónde vamos.

Una de esas veces, casi choco con *Píixan kay*, el más viejo de los delfines que conocemos y que vive entre nosotros desde mucho antes que nosotros naciéramos. Es muy sabio, bromista, a veces puede ser muy gruñón, creo que todo depende de si ha comido o no, ¡uno nunca sabe con los mayores! Sus amigos vienen a saludarlo de vez en cuando, pero cada vez son menos, todos son mayores y los jóvenes delfines prefieren perseguir a los barcos de los humanos y vencerles en velocidad. Es un riesgo porque a veces los humanos tiran redes y los atrapan y muchos han muerto así. Cuando eso sucede, todos nos ponemos tristes; son vidas que han sido cortadas sin ningún sentido. No solo nos cuidamos de los humanos, que siempre son un peligro, otro más constante es *Ch'ilam*, el tiburón del arrecife, pero hoy no nos preocupamos por él. Todo está tranquilo.

149

Hemos pasado un día divertido. Jugábamos entre las algas, y vimos a la distancia el lomo de *Píixan cay*, el delfín, y con sigilo nos acercamos a él. Parecía descansar. *Itzá*, la estrella de mar, venía abrazada a *Can* cay, la anguila, mientras que *Xook jaat*, la mantarraya amarilla, *Maax cay*, el pulpo, y yo nadábamos tan lento cómo podíamos, dando vueltas y revueltas, para que no adivinara nuestras intenciones.

De pronto, *Can* cay da un giro y una fuerte sacudida y hace que *Itzá*, se suelte y ¡caiga sobre el lomo de *Píixan cay*! Después, como si nada hubiera pasado, vino a seguir jugando con nosotros, que estábamos medio escondidos.

Itzá trataba de no poner todo su peso en el lomo de *Píixan cay*, el delfín, y bailaba que daba gusto, je, je, je… De pronto, la vimos salir rumbo a la superficie, dando vueltas sobre sí misma, al tiempo que la acompañaban las burbujas del respiradero del delfín *Píixan cay*. *Maax cay*, el pulpo, para colmo de males, trató de acercarse y rociar un poco de su tinta, pero en ese momento llegó la mantarraya amarilla *Xook jaat* y la hizo que acuatizara en una de sus extremidades, y poco a poco *Itzá*, la estrella de mar, logró llegar a su lomo. Creo que no le hizo mucha gracias oírnos reír. La pobre agitaba sus cinco brazos, girando sobre sí misma.

Con suavidad *Xook jaat* la puso sobre mi lomo, y le escuché murmurar enojada: «Llévame a mi casa, no tengo ganas de jugar con ustedes ahora».

Creo que tenía razón, no fue muy correcto jugarle esa broma. Todos nos sentimos un poco mal más tarde y nos disculpamos con ella. *Itzá* dijo que no había problema: «El que se lleva, se aguanta», sentenció sin rencor y todos nos reímos. Refunfuñaba un poco aún, pero al ratito jugábamos de nuevo, como si nada hubiese pasado. Sabemos que a todos nos harán una broma, y ¡para eso son los amigos!

***

Una vez más estamos jugando entre las algas, escondiéndonos, subiendo y bajando de la superficie, sin preocuparnos mucho de lo que puede haber más allá de nuestro arrecife. Tenemos de todo, ¿para qué preocuparse? *Chaway* es nuestro hogar. «El único arrecife», le llaman los más viejos.

Vemos a lo lejos venir a *Xook jaat*, la mantarraya amarilla, con ese ritmo cadencioso de sus aletas. De pronto, una de sus primas se separa del grupo y reta a nuestra amiga para saber quién de ellas es más rápida ¡Es un espectáculo verlas nadar!

—¡Bravo, *Xook jaat*! —gritamos todos al verla ser más veloz que su amiga.

—Las cosas están cambiando —nos dice un poco agitada por la competencia—, han llegados varias familias y solo sé que vienen de lejos.

Nosotros tenemos la boca abierta, ¡no sabíamos que había tantas!

—Algunas de ellas son mis primas —nos dijo mientras nos señalaba a su parienta—, pero a muchas otras no las conozco —mencionó *Xook jaat*, la mantarraya amarilla, mientras se alejaba nadando sin prisa con su prima para saludar al grupo que a la distancia veíamos acercarse.

«Entonces, ¡el arrecife es inmenso!», pensé. Me di cuenta de que había cosas más allá que nunca había imaginado, que iba mucho más allá de nuestro bosque. En esas estaba cuando *Itzá*, la estrella de mar, cayó en mi lomo. Seria, como nunca la había yo escuchado, me dijo:

—¿Sabes que *Ch'ilam*, el tiburón, se alimenta de ellas?

Las mantarrayas amarillas nadaban frente a nosotros en ese momento. Sincronizadas, con una cadencia y ritmo que yo sabía que nunca tendría. Entonces, de pronto, comprendí lo que quería decir mi amiga: ¡*Xook jaat* y su familia! ¡Todas están en peligro! No supe qué decir. Un sentimiento de preocupación y la necesidad de hacer algo por ellas llenaron mi mente… y recordé a *Ch'ilam*, el tiburón del arrecife.

Su nombre siempre nos da escalofríos. Es grande y robusto. Su distintivo es una punta trasera extra en la segunda aleta dorsal, (claro que uno no se anda parando a comprobarlo, je, je, je, es mejor emprender la huida a lugar seguro). Sus branquias son grandes también. Es de color blanco con tonos amarillos en los laterales; su lomo es de color gris o gris marrón, y sus ojos negros y grandes son muy fríos. A lo que más le temo son a sus filas de dientes: esa sonrisa puede ser la última que veas si te descuidas, je, je, je. Vive solo, en el borde de *Chaway*, el arrecife, y en aguas poco profundas, pero se pude sumergir hasta 380 metros y eso lo hace más peligroso, no lo ves venir. Dicen que duerme la siesta con los ojos abiertos… no quiero comprobarlo.

***

Nos separamos cuando la luz era más tenue. Significa que habrá más depredadores. Es hora de regresar a la seguridad de casa. Estaba ya dormido cuando sentí que me movían y hablaban. Entreabrí el ojo izquierdo. Mi amiga, la anguila *Can* cay, me miraba mientras su cuerpo anguloso se mecía de forma rítmica, inquieta por algo.

—*T'uut' kay*, pez loro, vamos, despierta —susurraba—, es urgente. *Xook jaat* y todas las demás mantarrayas amarillas están en peligro ¡Vamos! ¡Despierta de una buena vez!

Pensé que estaba soñando.

—¿*Can cay*? —respondí mientras parpadeaba para despertar del todo—. ¿Qué pasa? ¿Qué haces aquí?

—¡Deja de hacer preguntas y sígueme! *Píixan cay*, el delfín, está luchando contra varios tiburones. ¡Tenemos que ayudarlo! ¡Él solo no puede!

Y se alejó veloz rumbo al bosque de algas. Por un momento dudé en seguirla. Aún creía que soñaba.

—¡¿Qué esperas?! —escuché que me gritaba mí amiga. Entonces comprendí que no era sueño y ya despierto del todo la seguí.

Píixan cay, contra su costumbre, luchaba en silencio. No salíamos de la sorpresa de ver tres tiburones en *Chaway* y nos preguntábamos dónde podría estar *Ch'ilam*; el tiburón del arrecife siempre había sido el único gran depredador.

Más allá de la lucha, las mantarrayas amarillas formaban círculos concéntricos; en el centro las más pequeñas, hasta llegar al círculo exterior, donde estaban las más fuertes. Vimos nadar por un instante a Xook *jaat* en uno de los círculos centrales, antes de perderla de vista entre todas las de su especie.

—¿*Itzá*, la estrella de mar, y *Maax cay*, el pulpo, vienen? —pregunté ansioso.

152

—Ya deberían estar aquí, les avisé antes de ir a tu casa —me respondió *Can* cay con la mirada fija en la lucha—. Mientras no llegue quien tú sabes...

Itzá cayó en mi lomo, mientras que *Maax cay* enroscaba dos de sus tentáculos alrededor de cuerpo de *Can* cay, la anguila.

—¿Qué vamos a hacer? —dijeron casi al mismo tiempo, en un tono que reflejaba incertidumbre y preocupación.

Con la mente en blanco, sin pensar en ninguna consecuencia, salgo disparado pretendiendo ayudar a nuestro amigo. Ni siquiera oí el grito de *Itzá* al salir disparada de mi lomo. ¡Mi corazón late como nunca!

Veo a *Píixan cay*, el delfín, impactar a uno de los tiburones en el vientre, que lo proyecta rumbo a la superficie girando sobre sí mismo. En ese momento veo a uno que va a atacar desde arriba y me proyecto contra él.

—¡Ay! —grito y salgo rebotado, dando giros sin saber si subo o bajo. Algo golpea mi dorsal y alcanzo a ver a *Píixan cay*, que con ese golpe evita que el tercer tiburón me atrape y carga al que traté de poner fuera de combate.

Regresa donde estoy.

—¿Estás bien? —pregunta con voz ansiosa—. Valiente sí, imprudente, también. Si vas a intentarlo otra vez, el golpe es debajo de la quijada, eso te dará tiempo de alejarte lo más posible, y sobrevivir, no lo olvides. Pero, mejor no lo intentes otra vez —me dijo mientras giraba para atacar una vez más a los tiburones, que, al verlo venir, dieron media vuelta y desaparecieron por donde llegaron.

Nos acercamos a él mis amigos y yo. Giró la cabeza y me dijo:

—Algún día serás tan grande como ellos, pero siempre serás más pequeño que uno de los adultos.

Se alejó con esa su forma de nadar cadenciosa y lenta. Empezábamos a girar para ir a casa, cuando una mancha gris pasó a toda velocidad a nuestro lado. *Itzá*, la estrella de mar y *Maax cay*, el pulpo, salieron girando. *Can* cay, la anguila, y yo gritamos al mismo tiempo:

—¡*Píixan cay*, cuidado, *Ch'ilam*, el tiburón!

Demasiado tarde. *Ch'ilam* golpeaba por debajo a nuestro amigo, y sus fauces se abrieron en su totalidad para morderlo.

Y allá voy otra vez. No lo puedo creer. Mis amigos menos. «Debajo de la quijada, debajo de la quijada…», es lo único que voy pensando. Mi corazón parece querer saltar fuera de mi pecho y ¡maravilla de maravillas!, siento mi cuerpo distinto, más fuerte, largo y esbelto… No respiro por las branquias, sino por un orificio sobre mi cabeza y siento mi boca más larga y con dientes… Veo por un segundo a *Can* cay, la anguila, nadando junto a mí y no me reconozco en su ojo que me mira con asombro: ¡parezco un delfín!

¡Bum! Resonó en mi mente el impacto… Bueno, para ser honesto, en todo mi cuerpo. Todo me dolía. Mis ojos, entrecerrados, vieron cómo *Ch'ilam* giraba sobre sí mismo, y a *Píixan cay*, el delfín, golpearlo en el costado, en las branquias, enviándolo hacia el fondo. Mientras flotaba, vi que lo golpeaba una vez más y, de pronto, pasó junto a mí. De un fuerte coletazo se lanzó a la superficie… y cerré los ojos.

Poco tiempo después desperté. Estaba rodeado de mis amigos y *Píixan cay* me miraba intrigado y burlón, creo.

—Muchas gracias, pequeño. Eres valiente. Como un delfín. Pero no vuelvas a hacerlo… al menos por un tiempo.

Me pareció verlo sonreír con orgullo. Hizo un giro de espalda de ciento ochenta grados y se perdió en el fondo del mar. No le pude decir nada. Mis amigos me veían diferente. No dijeron palabra hasta que llegamos a casa.

—Buenas noches —dijeron a coro. Los vi alejarse. De pronto voltearon y al mismo tiempo gritaron:

—¡Eres todo un delfín, *T'uut' kay*, pez loro!

Una fuerte corriente submarina me atrapó, mientras mis amigos se alejaban. Por más esfuerzo que hice por llamarles, no pude. Mis pulmones no tenían aire. Era como si mis branquias hubieran dejado de respirar. Al pasar por la botella de cristal vi que no tenía aletas, mi nariz y orejas crecían, y mis manos trataban de protegerme de las rocas. Decidí, como al principio, cerrando los ojos, solo dejarme llevar.

***

Salí de la cueva en la que me había metido y donde la corriente me había llevado a un mundo fascinante. Creo que no pasó mucho tiempo, nunca he podido aguantar la respiración bajo el agua más de un minuto. Todo parecía igual. Me parece que nadie se dio cuenta de lo que había pasado, ni me habían extrañado. Me subí a la plataforma feliz. Ni mis hermanos ni mis padres iban a creerlo… y me iban a regañar seguro. Sonreí. Valía la pena el regaño por haber hecho algo de lo que sabía, en el fondo, los haría sentir muy orgullosos de mí.

Esa es mi historia para compartir con la clase. ¡Fantástica, ¡¿verdad?! Ahora debo entrar a clase, je, je, je. Los veo en el recreo, ¡hasta pronto!

Glosario de palabras mayas

Ek Balam: Estrella jaguar
Píixan cay: Delfín
Hubiku: Nido de iguanas
Chaway: Arrecife
T'uu't: Loro
Itzá: Hechicera del agua
Kay/cay: Pez
Can: Serpiente
Jaat: Raya
Ch'ilam: Tiburón
Maax cay: Mono pez

¿DÓNDE ESTABAS?

NARRACIONES COTIDIANAS Y OTROS CUENTOS

NAHUÍ **OLLÍN**

LA CASA DE LA CALLE DOÑA FIDENCIA*

A Don Manuel, mi *abuelazo*, y a Doña Nelly, mi *Ati*.

En la calle de Doña Fidencia, en Villahermosa, se encuentra la casa que durante cincuenta años ha pertenecido a mis abuelos maternos.

Mi abuela, la persona que le ayuda, una mojina y un pochitoque (dos tortugas que poseen la insondable peculiaridad de anunciar con su presencia la siguiente lluvia) son quienes la habitan; mi abuelo, que ya no está presente, vive en ella también.

La casa se distingue por tener dos grandes buganvilias: una de flor blanca y otra de roja que coronan la entrada. Además de su belleza, las buganvilias proporcionan uno de los más preciados tesoros en aquél calor: ¡sombra! Sombra atrayente para todo tipo de personas que se detienen unos momentos para sentir su frescura. Abril y mayo bien lo saben.

Es casa de un nivel y alta como la mayoría de las de su época. El azul de la fachada contrasta con el negro de la herrería antepuesta a un par de ventanales. Uno pertenece al cuarto de mis abuelos y el otro a la sala.

Ante la puerta de entrada hay un miriñaque para evitar a los inquietos mosquitos. El miriñaque es otra bendición: no deja pasar al chaquiste que demuestra su poderío con un impactante piquete.

Al subir los dos pequeños escalones de entrada, la vista es inmediatamente atraída por lo más atractivo: el patio al fondo de la casa. Y sobre todo la luz. ¡¡Qué luminosidad!! Ver tendida una sábana blanca con esa luz, es ver el blanco. Como dice mi abuela: "¡Blanco, blanco, blanco!...".

En la sala, muebles sencillos, las fotografías de sus hijos e hijas en sus bodas (no creo que allá exista casa sin esta introducción), comparten con una familia de elefantes de Lladró. Mi abuelo coleccionó elefantes. Hay de diferentes tamaños; unos minúsculos y otros grandes. Un día, siendo niño, quise tener en mis manos la familia de elefantes. Me subí al librero, y no sólo la toqué y la bajé: se quebró un colmillo del macho. Mi abuela lo pegó como pudo, y pasó mucho tiempo para que mi abuelo se diera cuenta, hasta un día en que quiso enseñársela a unos amigos... Mi abuelo era de carácter. La familia no me lo perdona, pero yo sé que mi abuelo sí. Era un hombre dominado por el cariño.

Antes del comedor hay un librero con los tesoros de mi abuelo: sus libros, y sobre éste, preciadas fotografías familiares.

A la sala y al comedor los divide una columna y una cortina. En el comedor hay dos cómodas, una enfrente a otra. En una hay copas, vajillas y elefantes. Sobre este mueble una Última Cena. La otra guarda medicamentos, galletas, dulces; sus puertas siempre abiertas para los aficionados a las galletas, toda mi familia, por ejemplo. Es el lugar de la televisión y de las mecedoras en las que todos desean sentarse. Es el comedor donde la familia se reunió, cada sábado, durante años, para comer y platicar, y entre semana -todavía- para ver, comentar y sufrir con las telenovelas, tomando café. Siempre ha sido un lugar cálido, donde las celebraciones, los llantos, las risas y las siestas en mecedora, han hecho única esa parte de la casa.

El antecomedor está separado del comedor por un pequeño muro con un gran miriñaque. La mesa, casi al borde del patio, ha presenciado los mejores desayunos: frijoles, platanitos fritos, huevo con longaniza, quesito de hoja, tortilla de maíz nuevo, totoposte, galletas de agua, de soda y de limón, salsa de chile *amash*, y, por supuesto, leche, café y churros del mercado. Todos esos sabores y olores los conservaré como uno de los recuerdos más reconfortantes en mi vida.

Esta mesa para seis, donde nos hemos acomodado más de diez, goza de un ambiente verde -hay treinta y tantas plantas diferentes-, complementado por el pozo, una banca, y en la pared un calendario, un *bush* y una pequeña sandalia. De entre la belleza de esa pequeña selva, una mata, la *picuala*, sobresale por su extraña hermosura: surge el trenzado tronco, no muy grueso, contorsionándose, y como si estallara, miles de ramificaciones forman una de las más impresionantes marañas, desplegando su cascada de hojas como un gran manto. En septiembre y octubre, la época de las lunas más plenas, brotan pequeñas flores de un rojo tenue, rosadas y blancas que despiden un alucinante olor a durazno que impregna toda la casa.

Pero la *picuala* no está sola. Hay un rosal, que cada vez que mi abuela corta una de sus delicadas y pequeñas rosas rojas, que junto con algunas flores de la *picuala* pone en un florerito ante la foto del que fue su compañero, me parece que, contento de compartir esa devoción, casi oigo que le dice: "Cada vez que te lleves una de mis rosas, la siguiente será más hermosa...".

Una que se parece al rosal por tener espinas, tiene por flor dos pares de gemelas miniaturas rojas, con el centro amarillo muy pequeño, orgullosamente firmes por un tallo bifurcado.

Hay azahares de flores blancas con forma de estrella de mar, y su olor da vida a recuerdos.

La belesa, de forma parecida a la flor de azahar, ha dado nombre al color, y su azul de atardecer lo he vuelto a ver únicamente en los encantadores ojos de mi abuela.

Una sin flor, es excepcional por la gama de verdes que adorna a sus hojas, que son como punta de flecha.

Alta y formidable, la mata de higo con sus aterciopeladas hojas brinda su deliciosa fruta.

Cada hoja, cada planta, cada flor son hijas de la exuberante vegetación tabasqueña.

Como si perteneciera al patio, está la cocina, con la misma y añosa mesa y sillas, y muchos de los utensilios, cubiertos, vasos, platos, potes y sartenes de siempre. También el mismo refrigerador y la misma estufa de hace años.

El cuarto que sigue de la cocina, pero en dirección hacia el comedor y las recámaras, es el estudio de mi abuelo -que fue el cuarto de mis tíos-, con un librero, una caja fuerte, un escritorio, fotos y muchas cosas prohibidas de verse, de niño me atraían irremediablemente: resorteras o tiradores -como dicen allá-, canicas, revistas "Impacto", libros y papeles, diversas cosas guardadas en frasquitos y demás curiosidades. Lo que más recuerdo de ese lugar, es un día en que, yendo a la cocina, de reojo vi que mi abuelo estaba sentado en su escritorio y escuchaba atentamente una serenata mexicana de Scott Joplin; me quedé observando sin que él me viera. Sin saberlo, era la primera vez que presenciaba lo que es la nostalgia...

En el baño, sólo la cortina y las toallas han cambiado.

Luego está una recámara que fue la de mi madre y de sus hermanas. Una puerta da al baño, otra al comedor y la otra a la recámara de mis abuelos. Junto al tocador -el mismo de siempre, al igual que las fotos, las camas y el ropero de cortina- hay una hermosa ventana con su trabajada herrería, que de vista tiene el pasillo que va a la cocina, el patio y la *picuala*. ¿Cómo puede un cuarto tan sencillo pero agradable guardar tantos recuerdos? Desde los de mi madre y mis tías, hasta los de mis tíos y primos. En muy diferentes épocas, han quedado también allí hermosos y difíciles años de mi vida.

Por fin, ¡el cuarto de mis abuelos! Su otra puerta da a la sala. El piso de este cuarto y del anterior es diferente al de la sala, y el de la sala diferente al del comedor. Todos los pisos son trabajos en mosaico, y su frescura invita a dejarse caer en él, y es un bálsamo en aquél calor. Una máquina de coser, un tocador con un gran espejo biselado, dos burós, una cama, un pequeño librero, hamaqueros, fotos, ventilador, un crucifijo, un ropero con íntimos y aromáticos objetos, otro ropero que sirve además como vestidor, y que era un escondite para jugar o para inocentes besos.

No hay quien no ame ese cuarto.

Esa es la casa más importante en la familia. Es la casa que ha vivido cada época y cada acontecimiento. Es la que significa algo diferente y especial para cada uno de la familia y algo único para todos: amor.

Un día desaparecerá como mi abuelo, como todos nosotros. En su lugar pondrán otra construcción. Pero no importa; su siguiente lugar ya la está esperando, y en ella a cada uno de nosotros.

Esta narración de la vida familiar la escribió mi hermano Mario Javier(†) y la compartió con nosotros, padres, primos, hermanos y tíos un buen día, 22 de febrero, 1991. La incluyo tal cual, sin correcciones o agregados, en respeto a su memoria y, no solo por ello, sino también porque así, tal cual, es como todos recordamos la casa, que aún pertenece a la familia, pero como él bien dice, en ella, como la recordamos, él nos está esperando.*

Va un fuerte abrazo, carnal, do quiera que estés.

***Villahermosa, Tabasco (1965) - Ciudad de México (2019).*

SOBRE EL AUTOR

Nahuí Ollín, pseudónimo de Jorge Manuel Prado Brabata, que viera las primeras luces allá por los años sesenta del siglo XX en el valle del Anáhuac [hoy Ciudad de México] y la tierra de los *yokot'an* [hoy la tierra de los tabasqueños]. Es por eso que se mueve entre la selva de concreto y la del trópico húmedo con facilidad. Con herencia mestiza: *yokot'an*, nahua, maya, española, mora y goda [aunque lo dice más por romanticismo a la mexicana que por haber realizado alguna de esas pruebas de ADN que están tan de moda en estos días inciertos].

Se ha dedicado al periodismo, y sus artículos y columnas han sido publicadas en los países de lo que llaman América del norte, además de ser locutor, presentador de noticieros, productor de radio y televisión y fotógrafo gráfico, y un tanto actor teatral y vídeo.

Ha recibido Mención Honorífica otorgada por el International Latino Book Awards (ILBA) en la categoría de Mejor Colección de Cuentos Cortos en Español, y dos Menciones Honoríficas por artículos publicados otorgadas por la Asociación Nacional Hispana de Periodistas [NAHJ, por sus siglas en inglés], en la categoría de Artículo Político Sobresaliente: "¡Sí se pudo!" (2004), y Artículo Sobresaliente Cultura Latinoamericana: "El Álamo" (2005); además del premio México otorgado por el Consulado Mexicano en San José, California, a quienes han contribuido de modo substancial a mejorar o informar a la comunidad mexicana. Aunado a ello, se ha dedicado a la enseñanza en todos los grados escolares, desde el jardín de infantes a la universidad en dos países.

Hoy radica en las áridas regiones de la Alta California, en la denominada Área de la Bahía de San Francisco, junto a su esposa e hijo, donde se desempeña dentro del ámbito educacional ayudando a los latinoamericanos a entender la vida en Estados Unidos y sus costumbres, apoyándolos en su aculturación, sin perder su identidad, sin dejar de escribir para medios impresos y en línea.

La inquietud le ha llevado, a lo largo de los años, del cambio del siglo, a escribir estas narraciones y cuentos, además tiene en mente y en el tintero tres novelas: una de las llamadas negras, otra del género de ucronía y una tercera que es la continuación de unos de los cuentos que aparecen en esta obra y que esperan ver la luz del sol, o de la luna, algún día de estos tiempos modernos del siglo XXI, todas ellas con tintes de realismo mágico, sin estar cierto de lograrlo, pero como bien dice: «No hay peor lucha que la que no se hace».

ÍNDICE

www.ingramcontent.com/pod-product-compliance
Lightning Source LLC
Chambersburg PA
CBHW020333010826
48970CB00011B/651